VQ

Verlag Voland & Quist GmbH, Dresden und Leipzig, 2016

Korrektorat: Annegret Schenkel
Umschlaggestaltung: HawaiiF3, unter Verwendung von Motiven von Matthias Friedrich Muecke
Satz: Fred Uhde
Druck und Bindung: CPI books GmbH, Leck

www.voland-quist.de

Marion Brasch

DIE IRRTÜMLICHEN ABENTEUER DES HERRN GODOT

Mit Illustrationen von Matthias Friedrich Muecke

Das ist Godot. Woher ich das weiß? Keine Ahnung, es ist einfach so. Er war plötzlich da und hat gesagt, er sei Godot. Natürlich habe ich das sofort bezweifelt und gedacht: Godot, das ist doch der, auf den sie immer warten in dem Stück von diesem Iren. Sie warten, und er kommt nicht. Na ja, aber was soll man machen, wenn einer behauptet, Godot zu sein. Man könnte ihn der Lüge bezichtigen und der Hochstapelei. Man könnte sagen, er sei ein Tunichtgut. Einer, der sich nur in den Vordergrund spielen will.

Doch irgendwie ist er nicht der Typ dafür, wie er da steht mit hängenden Schultern in seinem zerschlissenen Anzug und auf dem Kopf diesen verbeulten Hut. Er sieht nicht aus wie ein Wichtigtuer, eher wie einer, der auch nicht so recht weiß. Wahrscheinlich hat er sich verlaufen auf dem Weg zu den beiden, die auf ihn warten. Er war mit den Gedanken woanders und hat nicht aufgepasst an dieser einen Weggabelung. Und plötzlich stand er in einer Gegend rum, die ihm völlig fremd war. Das kann schon mal passieren, da darf man den Mut nicht verlieren und muss das Beste draus machen.

So dachte auch Godot, und je länger er darüber nachdachte, desto besser ging es ihm. Irgendwann ging es ihm so gut, dass ihm eigentlich nichts mehr etwas anhaben konnte. Bis auf drei Dinge: Hunde, Katzen und die Möglichkeit, dass es anfangen könnte, Hunde und Katzen zu regnen.

Godot hatte diesen unerfreulichen Gedanken kaum zu Ende gedacht, als es anfing, Hunde und Katzen zu regnen. Erst waren es nur ein paar, aber bald schon war

nichts al
Worte
Werte
Taten

die ganze Gegend voll davon. Sie liefen aufgeregt durcheinander und faselten irgendwas vom Niedergang der Werte. Das hatte ihm gerade noch gefehlt. Doch die Tiere sprachen die Wahrheit, denn nachdem sie vollzählig unten angekommen waren, verdunkelte sich der Himmel ein weiteres Mal, um sich kurz darauf der Werte zu entledigen. Sie gingen auf ihn nieder wie ein Gewitter. Godot beschloss, sich nicht einfach davonzustehlen, wie er es so oft zu tun pflegte, wenn es unangenehm wurde. Also blieb er stehen und tat gar nichts. Nebenbei trank er ein Tässchen Tee und aß ein Stück Kuchen.

Als der Niedergang der Werte vorüber war, überlegte Godot, ob er nicht vielleicht ein oder zwei davon mitnehmen sollte, um ihnen wieder auf die Sprünge zu helfen. Weil er jedoch nicht sicher sein konnte, ob ihm das jemals gelingen würde, ließ er es sein und nahm stattdessen eine Katze mit. Eine besonders schöne Katze, wie Godot fand, und so rief er sie Ingrid. Manchmal auch Marianne oder Sigrun. Meistens jedoch rief er sie gar nicht.

Von nun an gingen die beiden ein Stück des Weges gemeinsam. Ein paar Stunden vermutlich, aber vielleicht auch Tage oder Wochen, wer weiß das schon so genau. Irgendwann jedenfalls war es nicht mehr so gut wie am Anfang. Die Krise begann, als Godot darauf bestand, sich nicht mehr auf allen vieren fortbewegen zu müssen. Auch hatte er das Katzenfutter satt, es stand ihm bis zum Hals. Es kam also, wie es in Fällen wie diesen immer kommen muss: Godot schickte die Katze Zigaretten holen und kam nicht wieder. Stattdessen setzte er sich auf einen Kieselstein und leistete ein wenig Trauerarbeit. Dazu dienten ihm zwei morsche Bretter, die er gedankenverloren quer übereinanderlegte, und siehe da: Es war schon ein Kreuz. Mit großer Geste ritzte er das Wort INGRID hinein, lud es sich auf den Rücken und setzte seinen Weg fort. Allerdings kam er nicht weit, weil sich ihm kurz darauf ein junger Mann mit langem, strähnigem Haar in den Weg stellte und Godot um das Kreuz bat, er könne ihm dafür den rechten Schuh eines Lackaffen geben.

Godot fand das Angebot angemessen und überließ dem Fremden das Kreuz. Wie man sich erzählt, soll dieser später daran gestorben sein, aber das ist eine andere Geschichte. Stattdessen wäre es doch interessant zu erfahren, was es mit dem rechten Schuh das Lackaffen auf sich hat, finden Sie nicht?

LACKAFFE

Es war einmal ein Schaf, das hatte einen Affen, den es über alles liebte und dem es jeden Wunsch von den Augen ablas. Wünschte sich der Affe Baumkuchen, kochte ihm das Schaf welchen aus den schönsten Bäumen der Gegend. Wollte es einen Gabelstapler, besorgte das Schaf einen Stapler und viele Gabeln, und der Affe konnte diese nach Herzenslust stapeln. Eines Tages nun hatte der Affe einen besonders ausgefallenen Wunsch.

»Ich will Schuhe, die rot sind, wenn die Sonne aufgeht, und blau, wenn sie verschwindet!«

Hm, dachte das Schaf. Das ist ja mal ein ausgefallener Wunsch. Es grübelte, wie es dem Affen diesen Wunsch wohl erfüllen könnte. Es hatte mal von solch ungewöhnlichen Schuhen gelesen. Sie gehörten einem König in einem fernen Land, der sie von einem anderen König in

BABY MACH LACK
MoNKey
SCHABERNACKGESCHENK
SENDUNG
An Herrn Lackaffe

einem noch viel ferneren Land gestohlen hatte. Die Geschichte endete damals sehr unappetitlich mit viel Blut und Nudelsuppe. Das Schaf schüttelte sich, als es darüber nachdachte. Und als es sich so schüttelte, fiel ihm plötzlich eine Kontaktlinse aus dem Auge.

Na sowas, dachte das Schaf. Eine Kontaktlinse. Sieht man ja heute auch nicht mehr alle Tage.

Kaum hatte es diesen Gedanken gedacht, hatte es die Kontaktlinse auch schon wieder vergessen. Tja, so ist es, das Schaf. Aus den Augen, aus dem Sinn. Und was tat der Affe unterdessen? Er langweilte sich und spielte ein bisschen Fußball. Dabei stolperte er und fiel auf die Fresse. Er fing fürchterlich an zu schreien. »Ach und weh!«, schrie er. Manchmal auch: »Weh und ach!« Das kam darauf an, was er gerade besser fand. Doch bald wurde ihm auch das langweilig, und er stand wieder auf. Er ging zum Schaf, das in der Ecke saß und über die Schuhe nachsann.

»Ey, Kumpel«, sagte der Affe zum Schaf. »Mir ist langweilig, kauf mir Schabernack!« Das Schaf blickte verstört auf.

»Schabernack? Was is'n das?«

»Schabernack ist Schabernack!«, sagte der Affe und guckte sehr altklug. »Und was wird aus den Schuhen, die rot sind, wenn die Sonne aufgeht, und blau, wenn sie verschwindet?«

»Ach die.« Der Affe winkte ab. »Das ist doch Kinderkacke. Kauf mir Schabernack!«

»Ok«, sagte das Schaf. »Dann geh ich mal los.«

Sprach's und ging dann mal los. Über Stock und Stein, Berg und Tal, holter und diepolter. Es war sehr lange unterwegs, jedenfalls für seine Verhältnisse. Auf seiner Reise erlebte es allerhand Abenteuer, heiratete zweimal und ließ sich wieder scheiden. Danach kaufte es einen Schabernack und kehrte zu seinem Affen zurück. Doch der hatte schon einen und war nicht mehr interessiert. »Ich bin nicht mehr interessiert«, sagte er arrogant.

Das Schaf war traurig. Es schrieb melancholische Lieder, die es zur Zither vortrug. So wurde es reich und berühmt und bekam viele Preise. Der Affe hörte davon, und ihn reute, was er dem Schaf angetan hatte. Er ging zu ihm und entschuldigte sich.

»Ach, lass mal«, sagte das Schaf. »Hier hast du etwas Geld, kauf dir was Schönes.«

Der Affe bedankte sich artig und zog von dannen. Er kaufte sich von dem Geld ein paar schwarze Lackschuhe, mit denen er angab wie eine Lore Affen. Deswegen nannte man ihn bald nur noch *Lackaffe*.

So war das damals.

GODOT WUSSTE NICHTS …

… von alldem, packte den rechten Schuh des Lackaffen gleichmütig zu seinen anderen Sachen und setzte seinen Weg fort. Unterwegs wurde er von einer Mücke gestochen, nahm daraufhin zwei Kopfschmerztabletten und drei Bäder, von denen er das vierte wegschmiss, weil es nicht mehr gut war. Fünfmal schaute er auf die Uhr, um beim sechsten Mal festzustellen, dass er gar keine Uhr besaß. Dieser Fakt sollte ihm zum Verhängnis werden, aber jetzt noch nicht. Jetzt sehnte er sich viel mehr nach Kaffeemaschinen und Parkverbotsschildern, nach dem Geruch von Fußabtretern und kaputten Telefonzellen, nach schlechten Vorabendserien und vorweihnachtlich gefüllten Kaufhäusern. Weil er sich jedoch nur dieses letzte Stichwort merken konnte, war seine Entscheidung klar.

TANNENBA
WIE TREU SIND
ÖKO Plüsch

Am Eingang des Kaufhauses stand der Weihnachtsmann. Er summte leise das Tannenbaumlied und schaute dabei traurig auf die hektische Menschenmasse, die sich an ihm vorbei und in das Kaufhaus hineinquetschte.

Godot ging zu ihm, um zu erfahren, was der Grund für seinen Trübsinn war, doch der Weihnachtsmann wollte nicht darüber sprechen. Nur so viel: Es sei so furchtbar gewesen, dass er aus Verzweiflung sehr stark dem Alkohol zugesprochen und sich eines Tages im Bett von Schneewittchen wiedergefunden habe. Filmriss, man kenne das ja. Und weil er nicht so recht gewusst habe, wie es weitergehen soll, habe Schneewittchen ihm einen Job als linke Hand des vierten Zwergs von rechts gegeben. Der hätte sich jedoch schon bald als seine eigene Stiefmutter entpuppt und ihn pausenlos mit kleinen Tellerchen beworfen. Auf diese Art gepeinigt und gedemütigt, habe der Weihnachtsmann schließlich beschlossen, die kleinen Türchen hinter sich zuzuschmeißen, um nie wieder zweimal hintereinander das Wort *zu* zu gebrauchen. Na ja, und jetzt sei er eben hier.

Nachdem der Weihnachtsmann mit seiner Erzählung geendet hatte, brach er in Tränen aus, um danach wieder das Tannenbaumlied zu intonieren. Godot überließ ihn seinem Schicksal und sich selbst dem Strom der Menschen, der ihn in das Kaufhaus hineintrug. Er fuhr mit der Rolltreppe hinauf ins oberste Stockwerk, aß im Restaurant einen Sauerbraten mit Klößen und ruhte sich schließlich in der Spielzeugabteilung in den dicken Armen eines überdimensionalen Teddybären aus.

Niemand nahm Notiz von ihm, und so erwachte er mitten in der Nacht im menschenleeren Kaufhaus. Es war stockdunkel, lediglich die kleinen grünen Notausgangsschilder glommen und warfen gespenstische Barbiepuppenschatten nach ihm. Wirklich gruslig, dachte Godot, tastete sich vorsichtig durch das Kaufhaus, und nachdem er drei Weihnachtsbäume umgeworfen, eine Lego-Stadt verwüstet und mehrere Dinosaurier zum Weinen gebracht hatte, sank er erneut in die Arme des Plüschbären.

Er wäre fast wieder eingeschlafen, als er aus der Kurzwarenabteilung ein leises Stöhnen vernahm. Vorsichtig robbte Godot in die Richtung, aus der es kam, und erkannte schließlich schemenhaft ein Plüschkamel, das sich vergeblich mühte, durch ein Nadelöhr zu gehen. Es wolle ein Exempel statuieren, sagte es. Godot fand das seltsam, ließ sich jedoch nichts anmerken und bot dem Kamel stattdessen seine Hilfe an.

Danke schön, aber das ginge nicht, da müsse es alleine durch.

Na gut, dann eben nicht, muss ja jeder selber wissen. – So ungefähr dachte Godot, kehrte in die Arme des Riesenteddys zurück, schlief ein und träumte von einem Kaufhausdetektiv, mit dem er sich eine wilde Verfolgungsjagd lieferte, nachdem er einem Plüschkamel den hinteren Höcker entwendet hatte. Das war gut, denn durch den Höcker war Godot schneller als der Detektiv, der lange vergeblich versuchte, ihn auf einem Dreirad einzuholen. Aber irgendwann stellte er ihn doch, und sie standen sich gegenüber. Sehr lange. Auge in Auge.

»Wo ist der Höcker?«, wollte der Detektiv schließlich wissen.
»Der Höcker ist nicht da.«
»Aber du hast ihn gestohlen.«
»Nein.«
»Doch.«
»Aber nein.«
»Oh doch.«
»Niemals.«
»Allerdings.«
»Nein.«
»Wie, nein.«
»Na, nein eben.«
»Nein?«
»Ja.«
»Das kann nicht sein.«
»Doch.«
»Egal, wo ist Frank?«
»Frank hatte keine Zeit.«
»Hast du ein Pferd für mich?«
An dieser Stelle wurde Godot der Traum zu blöd, und er wachte auf. Es dämmerte bereits, also beschloss er, sich noch ein wenig im Kaufhaus umzuschauen, bevor es wieder öffnete. Weil er jedoch nichts Besonderes dabei erlebte, können wir das auch überspringen bis zu der Stelle, wo er wieder vor dem Kaufhaus stand. Immer noch im selben zerschlissenen Anzug und mit demselben zerbeulten Hut auf dem Kopf. Nur die Zähne hatte er sich geputzt in der Kosmetikabteilung, das hatte er sich mal gegönnt, der arme Kerl.

Jedenfalls stand er jetzt wieder vor dem Kaufhaus, und auch der Weihnachtsmann war wieder da und summte traurig das Tannenbaumlied. Aber was hat ihn überhaupt hierher geführt?

WIE DER WEIHNACHTSMANN ZU SEINEM BERUF KAM

Es war einmal ein König, der hatte drei Töchter. Eine hieß Birgit, die zweite Helga und die dritte Gerhard. Die zwei älteren Prinzessinnen konnten die jüngste nicht leiden, weil sie schöner und klüger war als sie.

Eines unschönen Tages nun beschlossen die beiden bösen Prinzessinnen, der jüngsten einen besonders gemeinen Streich zu spielen. Sie sprachen: »Gerhard, es wird Zeit, dass du dir einen Mann suchst, der zu dir passt. Geh in den Wald und hole uns die Rote Zauberblume, die wollen wir braten und essen. Danach sehen wir weiter.«

Das Mädchen Gerhard war nicht nur wunderschön und klug, sie war auch sehr hilfsbereit und fleißig. Also packte sie ein paar Sachen zusammen und ging in den Wald, um die Rote Zauberblume zu finden. Sie wusste,

dass dies eine lange, beschwerliche und gefährliche Suche sein würde, denn der Wald war in der Gegend als hinterhältig und verschlagen verschrien und trug aus diesem Grunde auch den Namen *Als hinterhältig und verschlagen verschriener Wald*. Doch weil Gerhard nicht nur wunderschön, klug, hilfsbereit und fleißig, sondern zudem auch noch mutig war, setzte sie das unerschrockenste Gesicht auf, das sie finden konnte, und machte sich auf den Weg zu jenem Wald, den wir zugunsten dieser Geschichte *Wald der Niedertracht* nennen wollen.

Kaum nun hatte also Gerhard den Wald der Niedertracht betreten, versperrte ihr ein Wolf den Weg. Gerhard hatte noch nie zuvor ein solches Tier gesehen und war ohne Arg. »Guten Tag, liebes Tier«, sprach sie. »Ich bin auf der Suche nach der Roten Zauberblume, ob du mir vielleicht sagen kannst, wo ich sie finde?« Der Wolf betrachtete das Mädchen lange und antwortete: »Vielleicht kann ich, vielleicht kann ich nicht. Was gibst du mir, wenn ich's dir sage?« Gerhard dachte einen Augenblick nach, kramte in ihren Schürzentaschen und zog eine Kugelschreiberfeder hervor. »Das ist alles, was ich dir geben kann, liebes Tier. Mehr besitze ich nicht.«

Der Wolf hatte eine Kugelschreiberfeder vorher noch nie gesehen, wollte sich aber keine Blöße geben und fragte also: »Was zum Teufel soll ich mit diesem Ding?«

»Nun«, sprach Gerhard weise, »man kann damit eine Menge anfangen. Wenn du sie in die Sonne hältst, wirft sie lustige Schatten. Wenn du sie in den Fluss legst, treibt sie davon, und du wirst Spaß daran haben, sie wiederzufinden. Du kannst sie als Angelhaken benutzen, du kannst sie zwischen Daumen und Zeigefinger drehen, und sie wird dir den Weg in die Unendlichkeit weisen.« Gerhard schaute bei dieser letzten Bemerkung versonnen in den Himmel und drehte gleichzeitig am linken Zipfel ihrer Schürze.

»Ich hab's mir überlegt«, sprach der Wolf nach einigem Nachdenken. »Ich nehme sie und zeige dir den Weg zu … äh … wohin nochmal?«

»Zur Zauberblume«, antwortete Gerhard und ließ plötzlich und auch für sie selbst irgendwie unerwartet den linken Zipfel ihrer Schürze los. »Die Rote Zauberblume soll ich suchen, auf dass meine Schwestern sie braten und essen können. Danach wollen sie weitersehen.«

Der Wolf legte seine Stirn in Falten und dachte angestrengt nach: Wie kann ich dieses engelsgleiche Geschöpf dazu bringen, sich freiwillig zu ergeben und sich von mir runterschlucken zu lassen?

Was er nicht wusste, war, dass Gerhard sich ihre eigenen Gedanken in dieser Angelegenheit machte. Sie dachte: Warum denkt der so lange nach? Hat er womöglich gar keine Ahnung, wo ich die Zauberblume finden kann? Vielleicht ist es ihm auch egal, und er tut jetzt nur so, als würde er es wissen. Er ist ein Wichtigtuer, der glaubt, damit Eindruck auf mich zu machen. Vielleicht will er mich auch reinlegen, um mich aufzuessen. Vielleicht bin ja sogar ich die Zauberblume, nach der ich suchen soll! – All diese Gedanken dachte das Mädchen, als plötzlich etwas Unerwartetes geschah: Der Wolf machte kurzen Prozess und schluckte Gerhard runter. Dann ging er seines Wegs.

Als dieser Vorfall öffentlich wurde, zeigten die beiden bösen Gerhard-Schwestern Birgit und Helga keine Reue. Sie heirateten, wurden müde und gingen ins Bett. Am nächsten Tag war Weihnachten. Allerdings gab es zu jener Zeit noch keinen Weihnachtsmann, was ein ziemlich großes Problem war, wenn nicht eines Tages ein Wanderer des Wegs gekommen wäre und beschlossen hätte, dieses Problem aus der Welt zu schaffen. So kam der Weihnachtsmann zu seinem Beruf.

IN DER ZWISCHENZEIT HATTE GODOT …

… das Kaufhaus längst hinter sich gelassen und lief so vor sich hin, während er überlegte, was er wohl als Nächstes tun könnte. Eigentlich hatte er doch schon alles getan. Er hatte gegessen, getrunken, geschlafen, war gelaufen und wieder stehen geblieben, hatte zu- und abgenommen und war irgendwann zu dem Schluss gekommen, dass er schon ziemlich alles getan hatte, bis auf eines: Er hatte noch keine Partei gegründet. Also gründete er eine, stampfte sie gleichsam aus dem Boden. Sie sah nett aus, wie sie so vor ihm stand, und so beschloss Godot, mit ihr zu den Wahlen anzutreten.

Die beiden führten einen harten und erbitterten Wahlkampf, der damit endete, dass sie sich nicht mehr leiden konnten und Godot seine Stimme einer anderen Partei gab. Als ihm klar wurde, was er damit angerichtet

SCHNAUZE
Bio Beer
RUHE
STIMMUN

hatte, war es allerdings zu spät. Sprach- und stimmlos stand er vor dem Wahllokal. Drinnen war seine Stimme, eingeschlossen in einer kargen Urne, durch deren Spalt sich mühevoll das Tageslicht quälte. Das hatte er nicht gewollt, also machte er auf dem Absatz kehrt, ging zurück ins Wahllokal und holte seine Stimme wieder raus.

Na, na, na, werden Sie jetzt vielleicht sagen, und dass man doch nicht einfach seine Stimme wieder aus der Urne nehmen könne, und wo wir denn hinkämen, wenn das jeder täte. Sodom und Gomorrha, Chaos und Anarchie, Dick und Doof. – Ja, Sie haben völlig recht, aber genau das dachte auch Godot, doch er dachte auch an die Redewendung mit der kaputten Uhr und dass selbst die zweimal am Tag richtig gehe. Dann jedoch war er einfach nur noch glücklich, seine Stimme wiederzuhaben, und lud sie zum Essen in ein hübsches Restaurant ein.

Die Stimme studierte eingehend die Speisekarte und bestellte schließlich die Mehrwertsteuer und elf Malzbier, die sie wortlos austrank, bis sie genug davon hatte und Godot mit wüsten Beschimpfungen zu überhäufen begann, die ich jetzt nicht wiederholen werde, weil sie nicht wesentlich zum Fortgang dieser Geschichte beitragen würden. Außerdem schlief unser Held zwischendurch ein, so aufregend kann es also nicht gewesen sein.

Godot erwachte erst wieder, als die Stimme auch den Mann am Nebentisch zu beschimpfen begann, worauf dieser das Lokal verließ, ohne die Zeche zu bezahlen, weswegen der Kellner ihm hinterherlief, dabei eine Frau rempelte, die ihre Tasche fallen ließ, welche sich ein Strolch schnappte, der mit dem Lottoschein, den er im Portemonnaie fand, eine größere Summe Geldes gewann, von der er sich ein Auto kaufte, ans Meer fuhr, sich in die Sonne legte und schlimmen Sonnenbrand bekam. Er ging in die Apotheke, um sich eine Salbe zu kaufen, verliebte sich in die schöne Apothekerin, doch weil sie ihn nicht zurückliebte, wurde der Strolch sehr unglücklich und fing zu trinken an, womit er bis heute nicht aufgehört haben soll. Wirklich ein Jammer.

Aber zurück zu Godot und seiner Stimme, die inzwischen dazu übergegangen war, alle Gäste im Lokal aufs Übelste zu beschimpfen. Plötzlich durchfuhr es ihn: Was, wenn das gar nicht seine Stimme war, wenn er sich in der Eile vergriffen und eine falsche Stimme aus der Urne gezogen hatte? Ja, so musste es sein, also verließ er das Restaurant und stand ein paar Minuten später wieder vor dem Wahllokal, das war allerdings schon geschlossen. Die Stimmen waren längst ausgezählt und vermutlich schon unterwegs zum Gefährlichen Reißwolf, der am anderen Ende der Stadt wohnte. Sein Name war Programm, das wusste Godot. Aber er musste seine Stimme wiederbekommen, und vielleicht war es noch nicht zu spät.

Beim Gefährlichen Reißwolf angekommen, wunderte sich Godot sehr. Was für ein freundlicher Ort: Im Garten blühten Blumen und allerlei duftende Kräuter, auf der Leine flatterte friedlich die Wäsche, und überhaupt sah es so aus, als wohne hier jemand, der keiner Fliege etwas zuleide tun konnte. Hätte Godot die vielen auf grausame Weise zu Tode gekommenen Insekten an den Fensterscheiben entdeckt, wäre er vielleicht umgekehrt, aber er sah sie nicht und klopfte an die Tür. Vor ihm erschien ein Wesen, das er noch nie gesehen hatte. Es sah aus wie eine Kreuzung aus Dornröschen und den sieben Geißlein nach dem Genuss von Rapunzels Haarfestiger. Auch wenn das schlechterdings nicht möglich war, doch lesen Sie selbst!

DORNFRÖSCHEN

Es war einmal ein Königspaar, das wünschte sich sehnlich ein Kind. Eines Tages ging die Königin in ihrem Schlosspark spazieren und begegnete einem Frosch. Der sprach zu ihr: »Eure Hoheit, es wird kein Jahr vergehen und du wirst ein Kind gebären. Du musst nur ein bisschen mit mir knittern.«

Die Königin tat, wie der Frosch sie geheißen, und knitterte mit ihm. Neun Monde später gebar sie eine Tochter und nannte sie Dornfröschen, was ihren Mann ein wenig irritierte.

»Warum nennst du unser Kind nicht einfach Dornröschen wie in dem anderen bescheuerten Märchen?«

Es war einmal...
Es war einmal...
SEI KEIN FROSCH

»Lass mich nur machen, ich habe meine Gründe«, erwiderte seine Frau und lächelte geheimnisvoll. »Warum gehst du nicht einfach in den Keller und holst uns eine gute Flasche Wein?«

Bei dem Wort *Keller* zuckte das rechte Augenlid der Königin ein wenig, was der König nicht sah, weil er gerade wegschaute.

»Na gut«, sagte er. »Wie du meinst.«

Zur Taufe lud das Königspaar ein paar lokale Feen ein, die dem Mädchen etwas Schönes für die Zukunft wünschen sollten, doch schon nach kurzer Zeit lagen die Feen so besoffen in der Ecke, dass es ein Elend war. »Es ist ein Elend«, sprach der König, die Königin nickte traurig und hätte noch eine Ewigkeit traurig genickt, wäre nicht plötzlich das Königskind aus seiner Wiege aufgestanden. Klein und fett stand es da, hob die dicken Arme in den Himmel und rief: »Wenn ich fünfzehn Jahre alt bin, will ich mich an einer Spindel stechen und tot umfallen. Basta!«

Dann legte es sich wieder hin und schlief trotzig ein.

Das Königspaar wunderte sich ein wenig über den seltsamen Wunsch seiner Tochter, allerdings nur kurz. Als aber der fünfzehnte Geburtstag der Prinzessin nahte, erinnerte sich der König an den Vorfall und schickte viele Diener ins Land hinaus, damit sie alle Spindeln einsammelten und verbrannten. Doch die Diener verwechselten die Spindeln mit Stiefeln, und anstatt diese zu verbrennen, knabberten sie sie an.

Schließlich hatte Dornfröschen Geburtstag, und im Königspalast gab es ein großes Fest. Der Koch trug vielerlei Speisen auf, die Hofkappelle spielte zum Tanz, der Wein floss in Strömen, und ein Feuerwerk gab es auch. Bei aller Ausgelassenheit und Freude bemerkte jedoch niemand, dass die Prinzessin nicht da war, und zwar schon seit Tagen nicht.

»Komisch«, sagte der König und kratzte sich am Kopf. »Was machen wir denn da?«

»Ich könnte mir die Fingernägel lackieren«, antwortete die Königin. »Oder eine Bockwurst essen … Koch, hol er mir eine Bockwurst! Mit viel Senf!«

»Läuft«, erklärte der Koch und verließ den Thronsaal. Wenig später öffnete sich die Tür erneut, nur war es nicht der Koch, sondern der Frosch, der die ganze Sache losgetreten hatte. Er hüpfte zum Königspaar.

»Guckt mal, da bin ich wieder.«

»Was willst du denn hier?«, wollte der Minister für Retten und Turnen wissen.

Der Frosch zog einen vergoldeten Gurkenschäler hervor. »Den hat mir Dornfröschen geschenkt«, sprach er mit feierlicher Miene. »Ich wollte ihn euch bloß mal zeigen.« Dann rülpste er.

»Ja und?«, fragte der König gelangweilt. Der Frosch rülpste noch einmal, dann schwieg er und hüpfte später weg. Jahre danach soll die Prinzessin mit ihm beim Hacken gesehen worden sein. Mehr ist nicht bekannt.

GODOT STAND UNTERDESSEN …

… noch immer vor dem Haus des Gefährlichen Reißwolfs und schaute auf das Wesen, das ihm gegenüberstand. Er versuchte seine Verunsicherung mit einem Lächeln zu überspielen und mit einem Satz, den er nicht über die Lippen brachte, weil ihm ja die Stimme dazu fehlte, wie wir wissen. Das Wesen stellte sich ihm als Frau Müller vor, sie sei des Reißwolfes Haushälterin. Ob Godot nicht eintreten wolle, ihr Dienstherr sei nur mal auf einen Sprung im Keller. Bei dem Wort *Keller* begann ihr rechtes Augenlid seltsam zu zucken, was Godot ein wenig beunruhigend fand, weshalb er lieber vor der Tür stehen blieb. Dort bemühte er sich, der Haushälterin pantomimisch sein Anliegen vorzutragen. Er griff sich an die Kehle, stellte überzeugend eine Wahlurne dar, überbot sich in der stillen Vergegenständlichung von elf Malzbier und brillierte schließlich in der wortlosen Rekonstruktion der Restaurantszene. Des Reißwolfs Haushälterin zeigte sich von dieser Vorstellung nur wenig beeindruckt. Sie habe nicht den ganzen Tag Zeit, und er solle jetzt gefälligst mal reinkommen, ihr Dienstherr sei wie gesagt im *Keller*. Und obwohl ihr Augenlid erneut auf verstörende Weise zuckte, folgte Godot ihrer Aufforderung und trat ein.

Das Haus des Gefährlichen Reißwolfs war äußerst geschmackvoll eingerichtet mit eleganten Möbeln und einem schönen Bild an der Wand. Es zeigte einen Fahrradfahrer, der trotz des augenscheinlich warmen Wetters eine Felljacke trug. Godot meinte, den Mann schon mal gesehen zu haben, aber er kam nicht drauf. Dann eben nicht, dachte er und folgte Frau Müller durch das Haus bis zur Kellertür, wo sie ihn allein ließ, sie habe in der Küche zu tun.

Godot nahm seinen ganzen Mut zusammen und öffnete die Kellertür, die unheilverkündend quietschte und den Blick in eine dunkle Tiefe freigab. Godot fand den Lichtschalter, aber der war kaputt. Am liebsten wäre er sofort umgekehrt, doch er musste seine Stimme retten, das war er ihr schuldig, also tastete er sich klopfenden Herzens Stufe um Stufe hinunter in die immer schwärzer werdende Dunkelheit. Gern hätte er *Hallo* gerufen, aber das ging ja nicht, deshalb pfiff er ein lustiges Wanderlied – einmal, zweimal, dreimal, und als er es zum hundertsechsundfünfzigsten Mal gepfiffen hatte, war die Treppe noch immer nicht zu Ende.

Godot setzte sich erschöpft auf die Stufen, um ein wenig auszuruhen. Sollte er weitergehen oder lieber umkehren? Doch was, wenn er seinem Ziel schon ganz nah war? Er lauschte in die Stille. Nichts. Aber war dort in der Tiefe nicht ein Licht?

Godot nahm sich ein Herz und ging weiter. Ja, ein Licht. Nein, sogar zwei Lichter, die rötlich glommen. Er überlegte, ob er zur Sicherheit vielleicht ein anderes Lied pfeifen sollte, eines, in dem ein lustiger Reißwolf vorkam, also dichtete er schnell eins.

Ein Reißwolf ging mal durch den Wald
Da kam ein Hund des Wegs
Der war nicht jung und war nicht alt
War nur ein Hund mit Keks

Ein Hund mit Keks, das ist mal was
Der Reißwolf bei sich dachte
Vielleicht macht er das nur zum Spaß
So dachte er und lachte

Reißwolf, Reißwolf
Lustiger Reißwolf!

Godot war zufrieden, aber dann fiel ihm ein, dass er das Lied gar nicht singen konnte, weil er ja keine Stimme hatte, also pfiff er es in der Hoffnung, dem Reißwolf würde es trotzdem gefallen, und je näher er den beiden Lichtern kam, desto beherzter pfiff er. Doch was war das? Die beiden Lichter schienen sich plötzlich zu bewegen. Godot blieb stehen. Tatsächlich, sie kamen auf ihn zu. Aber nein, das waren gar keine Lichter, das waren … Augen, ein rot glühendes Augenpaar, und es ge-

HIFI
HIFI
WOLLE

hörte natürlich niemand anderem als dem Gefährlichen Reißwolf!

Godot erstarrte und schloss in Erwartung eines grausamen Endes die Augen. Doch als er einen warmen, feuchten Hauch im Gesicht spürte, der nach Pflaumenkuchen roch, machte er die Augen wieder auf, denn er mochte Pflaumenkuchen. Und da saß er, der Gefährliche Reißwolf. Saß einfach da, atmete Godot seinen Pflaumenkuchenatem ins Gesicht und schaute ihn an. Und Godot schaute den Reißwolf an, der eigentlich gar nicht mehr so gefährlich aussah, im Gegenteil: Seine Glühkohlenaugen legten den Keller in warmes Licht, und jetzt konnte Godot auch den Indianerschmuck erkennen, den der Reißwolf auf dem Kopf trug.

»Ich bin der große Häuptling Lustiger Vogel«, sprach dieser schließlich. »Und wer bist du, mein Freund?«

Diese Stimme, sie klang so vertraut. Godot gab dem Reißwolf durch Gesten zu verstehen, dass er nicht sprechen könne und dass dies der Grund sei, warum er hier war.

»Ach so ist das«, sagte der Gefährliche Reißwolf und schaute Godot belustigt an. »Und da hast du gedacht, geh ich mal zum lieben Reißwolf und frag ihn, ob er nicht ein schönes neues Stimmchen für mich hat, wie?«

Ja, die Stimme klang vertraut und gleichzeitig fremd. So, als würde man sich selbst im Radio hören. Godot wurde schlecht.

»Nanu?«, fragte der Gefährliche Reißwolf besorgt. »Ist dir schlecht? Du siehst aus wie damals, als du im Kindergarten auf die Sülze gekotzt hast. Soll ich dir ein bisschen Schnaps holen?«

Godot schüttelte heftig den Kopf, um zu einem längeren pantomimischen Vortrag anzuheben, in dem er deutlich machte, dass er seit der Sache damals nie wieder Sülze gegessen habe, ganz zu schweigen von Wellfleisch oder der Schwarte von Eisbein, wobei Eisbein eigentlich eine Delikatesse sei, wenn nur eben die Schwarte nicht wäre. Er esse lieber Hühnchen oder Fisch, manchmal auch Rind, aber eigentlich lieber Hühnchen und zu Weihnachten auch mal Pute, aber keine Gans, die sei ihm meist zu fett. Katzen hingegen möge er, aber jetzt nicht so, wie der Reißwolf denke, sondern eher platonisch. Er habe da mal eine gekannt … – Und nachdem Godot dem Reißwolf schließlich auch noch den Namen *Ingrid* vorgetanzt hatte, ließ er sich erschöpft auf die Stufen der Kellertreppe sinken.

»Interessant«, sagte der Gefährliche Reißwolf. »Und was machen wir jetzt? Vielleicht eine Partie Mikado?«

Der Reißwolf holte einen Satz Mikadostäbchen hervor und warf sie mit lässiger Geste auf die Treppenstufen. »Wer gewinnt, darf sich was wünschen.«

Dreimal dürfen Sie raten, wer gewonnen hat. Ich könnte jetzt sagen: der Gefährliche Reißwolf. Ich könnte natürlich auch sagen: Godot. Woher wüssten Sie, was wahr ist und was gelogen? Aber wie sagte schon ein großer Schriftsteller: *Wahr ist an einer Geschichte immer nur das, was der Zuhörer glaubt.* Vorher jedoch kaufte er sich eine Schreibmaschine, und das war ungefähr so.

WIE HERMANN HESSE SICH MAL EINE SCHREIBMASCHINE KAUFTE

»Schöne Gertrud, du tust mir so weh!«, sagte Hermann Hesse an einem grauen Februarmorgen des Jahres 1908, legte seinen Federhalter auf den Schreibtisch und rieb sich die schmerzende Hand. »Nicht nur, dass du meinen armen hinkenden Kuhn nicht lieben kannst – meine Hand hält dich auch nicht mehr aus.«

Er schlurfte in die Küche und ließ kaltes Wasser über seine Hand laufen, damit es den Schmerz lindere. »Ich bin erst dreißig Jahre alt und hab schon Zipperlein«, stöhnte er und sah aus dem Fenster. Vor dem Haus stand ein alter Kastanienbaum, und in dem Baum saß ein Vogel. Vermutlich auch alt. »Schön ist die Jugend«, sagte der Dichter und wollte gerade tief und poetisch seufzen, als das Telefon läutete. Hesse

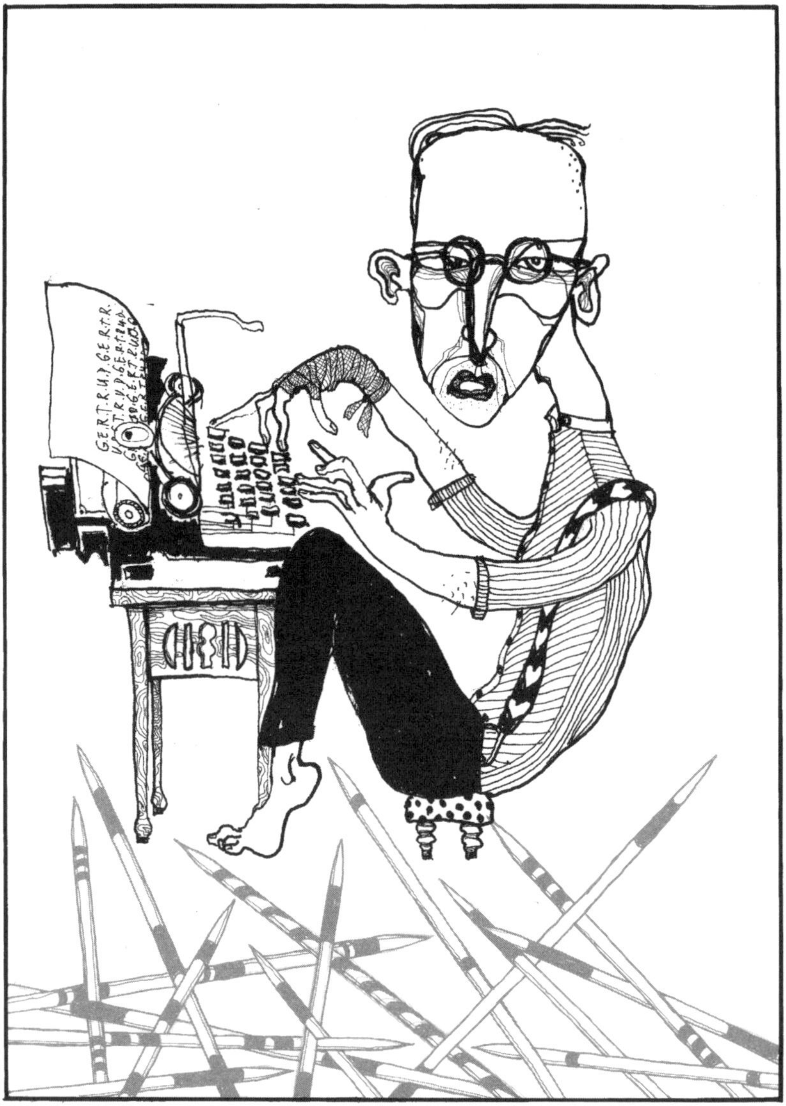

schlurfte in den Flur und nahm den Hörer ab. Es war sein Verleger.

»Hermann, wie geht es dir?«

»Geht so, die Gertrud macht mich fertig.«

»Schreib doch mal was anderes zwischendurch und lass die Gertrud.«

»Mir tut die Hand weh, ich kann gerade gar nicht schreiben.«

»Ach was, das wird schon wieder. Geh ein bisschen raus an die frische Luft und lenk dich ab, das wird mir guttun.«

»Wieso dir?«

»Na, wenn du spazieren gehst, hast du wieder Lust, weiterzuschreiben, und ich bekomme bald was von dir, und das tut mir dann gut. Ist doch logisch.«

»Logisch. Ach, Samuel …?

»Hermann?«

»Kannst du mir vielleicht noch einen Vorschuss geben? Ich will mir eine Schreibmaschine kaufen.«

»Eine Schreibmaschine?«

»Eine Schreibmaschine.«

»Das ist eine gute Idee, Hermann. Du sollst deinen Vorschuss haben.«

Ein paar Tage darauf bekam der Dichter den Vorschuss und kaufte sich eine Schreibmaschine. Es war eine Smith Premier Nr. 4, hergestellt in einer Schreibmaschinenfabrik im fernen Amerika. Sie war wunderschön und hatte schwarze Tasten für die großen und weiße für die kleinen Buchstaben. Der Dichter liebte seine Schreibmaschine über alles und benutzte kaum noch seinen Federhalter. Wenn er gerade nicht wusste, was er schreiben sollte, tippte er selbstvergessen irgendwelche Namen in die Maschine. *Gertrud, Imthor, Demian, Giebenrath, GERTRUD, Sinclair, Klingsor, Piktor, Harry Haller, Knulp, Gertruuuuuud, gertrudgertrudgertrudgertrud* ... bis tief in die Nacht.

»Warum schläfst du nicht?«, fragte seine Frau. »Du wirst mir noch krank!«

»Wieso dir?«, fragte der Dichter.

»Da hast du auch wieder recht«, sagte seine Frau und ging ins Bett.

G.E.R.T.R.U.D. hämmerte der Dichter in seine Maschine.

»Wie geht es unserer Gertrud?«, fragte ihn ein paar Wochen später sein Verleger.

»Unserer Gertrud?«

»Deiner Gertrud.«

»Sie ist mein Freund.«

»Schön, Hermann. Und wann sehe ich sie?«

»Wenn ich sie gesehen habe.«

»Und wann wird das so ungefähr sein?«

»Wenn ich das wüsste.«

»Weißt du dann wenigstens, wer von diesen beiden Knalltüten beim Mikadospiel gewonnen hat?«

»Der Wolf.«

»Der Wolf?«

»Vermutlich.«

»Wie kommst du darauf, Hermann?«

»Ich weiß nicht, war nur so ein Gedanke.«

»Du bist also nicht sicher.«

»Nein.«
»Und warum sagst du's dann?«
»Weiß nicht, ich mag Wölfe.«
»Und was, wenn der andere gewonnen hat?«
»Auch gut.«

GODOT GEWANN ALSO …

… und wünschte sich seine Stimme zurück, die er sofort ausprobierte, indem er sein selbst gedichtetes Gedicht über den Reißwolf aufsagte. Der Gefährliche Reißwolf war gerührt, und weil er nicht mehr sprechen konnte, bedankte er sich artig mit einer Rolle vorwärts. Dann steckte er seine Mikadostäbchen ein und trollte sich. Godot hingegen stieg guten Mutes die Kellertreppe hinauf und verabschiedete sich bei Frau Müller, die ihm noch ein Stück warmen Pflaumenkuchen für den Weg einpackte, obwohl ihm eine Leberwurststulle lieber gewesen wäre, aber man kann nicht alles haben. Manche Leute wollen zum Beispiel ferne Sonnensysteme bereisen oder berühmte Filmschauspieler werden, das klappt ja auch nur in den seltensten Fällen. Allerdings gibt es auch Glückspilze, die werden erst berühmte Schauspieler und bereisen dann in Schauspielerkostümen ferne Sonnensysteme, wo sie andere Glückspilze kennenlernen, die zum Beispiel Weltmeister im Nasskämmen geworden sind oder gesuchte Experten im Rumstehen. – Das alles ging Godot durch den Kopf, als er so durch die Straßen schlenderte, und wäre er nicht so abgelenkt gewesen, hätte er vielleicht die Frau bemerkt, die an ihm vorüberging und ihn dabei ansah, als würde sie ihn von früher kennen. Sie war sogar kurz stehen geblieben und hatte ihm hinterhergeschaut, doch sie konnte sich nicht erinnern. Vielleicht wird ihr später einfallen, dass sie mit ihm in die Schule gegangen war und dass er ihr mal einen lebenden Frosch in die Mappe gesteckt hatte. Zu Tode hatte sie sich erschrocken. Sie sprach darauf kein Wort mehr mit Godot, den sie eigentlich mochte, und hätte er sie um Verzeihung gebeten, hätte sie ihm verziehen und wäre vielleicht sogar mit ihm gegangen. Hand in Hand über den Schulhof, durch den Park und überhaupt. Vielleicht hätten sie später auch geheiratet und ein, zwei Kinder bekommen. Vielleicht aber auch nicht, wer weiß das schon. – Und dann würde die Frau seufzen, nach Hause gehen und ein Gemüsesüppchen für ihren Mann kochen, der gleich von der Arbeit käme. Ein Glühlampenmacher. Auch nicht schlecht.

Und während all das passierte oder auch nicht, war Godot auf einem U-Bahnhof angekommen. Der war bevölkert von großen und kleinen Personen, dünnen und dicken Menschen, jungen und alten Leuten. Außerdem befanden sich da auch ein paar Männer und Frauen, es war also ziemlich voll.

Godot war froh, endlich wieder Teil einer anonymen Masse zu sein, sichtbar unsichtbar, auffallend unauffällig, Durchschnitt eben. Als er sich gerade diesem friedvollen Gedanken hingab, fuhr der Zug ein, während ihm gleichzeitig jemand auf die Schulter tippte. Die Parallelität der Ereignisse verwirrte ihn. Sollte er sich nun erst umdrehen und dann einsteigen oder lieber umgekehrt? Er konnte sich nicht entscheiden, also tat er nichts von beidem und verharrte.

Als die U-Bahn sich wieder in Bewegung setzte, tippte ihm erneut jemand auf die Schulter. Vom Entscheidungsdruck befreit, drehte sich Godot langsam um, doch hinter ihm stand niemand. Da war nur dieser Mann, der ihn breit angrinste. Das Auffälligste an ihm waren die Nahrungskette, die lustig vor seiner Brust hin- und herpendelte, und die Augenringe, die ihm ein bisschen zu klein zu sein schienen. Solche hatte Godot noch nie gesehen, und wenn er ehrlich war, hätte er sie auch gern besessen.

Der Mann schien Gedanken lesen zu können. Er sagte, er habe diese Ringe zu einem Spottpreis bekommen, allerdings seien sie ihm ein bisschen zu klein, ob Godot sie nicht haben wolle. Godot wollte nur zu gern. Der Mann überließ sie ihm für den Pflaumenkuchen von Frau Müller, hängte diesen an seine Nahrungskette und verschwand.

Godot betrachtete seinen Neuerwerb voller Stolz, als er jedoch genauer hinsah, stellte er fest, dass die Ringe gar nicht echt waren. Das machte sie in seinen Augen unnütz und überflüssig, und so beschloss er, sich ihrer bei

UNTERGRUND
ROSENCRANTZ und GUILDENSTERN
Tusche
BANK E WERDEN

nächster Gelegenheit wieder zu entledigen. Vielleicht in der U-Bahn, die gerade einfuhr. Diesmal zögerte er nicht und stieg ein.

Auf den Bänken lümmelten ein Dreitagebart, eine abgetakelte Frikadelle und ein paar gute Vorsätze für das neue Jahr, die von ihren Besitzern vergessen worden waren. Godot setzte sich mit seinen Augenringen dazu und schaute aus dem Fenster. Aber da gab es nichts zu sehen. Nur hin und wieder flogen kleine gelbe Lichter an ihm vorbei. Ohne Sinn und Verstand, dachte Godot. Ein Gedanke, der ihn irgendwie beunruhigte, weshalb er begann, auf seinem Sitz nervös hin und her zu rutschen. Merkwürdigerweise griff seine Nervosität auch auf die anderen Fahrgäste über. Die guten Vorsätze fingen an zu rauchen, die abgetakelte Frikadelle verfiel in hysterisches Gelächter, was den Dreitagebart dazu veranlasste, sofort einzuschlafen, worauf er seine Augenringe verlor. Sie fielen einfach runter, was Godot jedoch nicht bemerkte, weil er gerade das Fenster anhauchte und mit dem Finger versonnen ein lustiges Mondgesicht an die Scheibe malte.

Als der Zug die nächste Station erreichte, stieg ein Mann zu, der sich ausnehmend freundlich als Schaffner vorstellte, um danach einen längeren Vortrag über die schlechte Qualität des Essens in der Bahnhofskantine zu halten. Gestern gar habe er in seiner Hühnerbrühe einen kalten Marmeladenzwerg beim Fernsehgucken erwischt. Nichtsdestotrotz sei es ihm peinlich, die werten Fahrgäste zu bitten, die Rechtmäßigkeit ihres Hierseins durch das Vorweisen ihrer Fahrausweise zu belegen. Er wandte sich beflissen den guten Vorsätzen zu. Die drückten ihre Kippen aus, bildeten einen Morgenkreis und sagten ein Gedicht auf, jeder allerdings ein anderes. Eines davon ging ungefähr so:

Ein Blumenkrumen lag im Gras
Und wünschte sich den Sommer
Doch der lag noch so weit weg
Und fern wie dieses Komma → ,

Der Blumenkrumen fand das trist
Und krümelte vor Trauer
Bis plötzlich eine Wolke kam
Und die brachte Schauer

Der Blumenkrumen wurde nass
Was ihm gar wohl gefiel
Und auf einmal wuchs aus ihm
Ein kleiner Blumenstiel

Der Schaffner begrub seinen Kopf in seinen kleinen Schaffnerhänden und fing bitterlich an zu weinen. Was tat er hier? Diese armen unschuldigen Vorsätze, sie könnten seine Kinder sein. Seine Augäpfel, seine geborgte Zukunft!

Während er dies dachte, bemerkte er nicht, wie die Vorsätze durch einen kleinen Fensterspalt in die kalte Nacht des U-Bahn-Schachtes entschwanden. Sie taten dies mit einem Gesichtsausdruck, den Godot als schadenfroh hätte beschreiben können, wäre er nicht gerade damit beschäftigt gewesen, schon gemalte Mondgesichter mit Schnurrbärten und Augenklappen auszustatten, was die abgetakelte Frikadelle wiederum veranlasste, an sich herunterzuschauen und dabei festzustellen, dass sie eine ziemlich abgetakelte Frikadelle war, was sie in eine tiefe Sinnkrise stürzte, und das war kein schöner Anblick, das können Sie mir glauben. Immerhin hatte es zur Folge, dass der Schaffner sein Elend nicht mehr ganz so schlimm fand wie gerade noch, so schnell kann das gehen. Eben ist man noch am Boden zerstört, und kaum geht es jemandem schlechter als einem selbst … na ja, man kennt das ja.

Jedenfalls wurde der Schaffner plötzlich von neuem Lebensgeist durchspült. Vergessen die entflohenen guten Vorsätze, vergessen auch die mehr als unerquickliche Begegnung mit dem fernsehglotzenden Marmeladenzwerg in seiner Hühnerbrühe. Dienstbeflissen und mit entschlossenem Blick wandte er sich an den Dreitagebart, der noch immer schlief und von komischen Dingen träumte, denen nur durch gut ausgebildete Flauschfüchse beizukommen war. Auch nicht schön. Wobei, so ein Flauschfuchs … aber lassen wir das.

Nach mehreren erfolglosen Versuchen, den Dreitagebart aufzuwecken, wandte sich der Schaffner Godot zu. Ob er nicht auch finde, dass sich die Menschen einander immer mehr entfremdeten. Er zum Beispiel sei früher mal Hamlet gewesen, aber das interessiere heute keine Sau mehr. »Ich war Hamlet!«, rief er plötzlich theatralisch aus. Er habe an der Küste gestanden und mit der Brandung BLABLA gesprochen, im Rücken die Ruinen von Europa, das müsse man sich mal vorstellen. Schon damals habe er begriffen, dass etwas faul war, und ob Godot nicht vielleicht ein Pferd für ihn habe. Godot verneinte höflich, worauf der Schaffner sich wieder dem schlafenden Dreitagebart zuwandte. Glücklicherweise fuhr der Zug in den nächsten Bahnhof ein, und Godot stieg aus.

Nur, wohin werden ihn seine irrtümlichen Füße tragen? Und was ist eigentlich aus dem Marmeladenzwerg geworden, der inzwischen Karriere als Himbeergeist gemacht hat? Egal, zum Teufel mit ihm.

ZUM TEUFEL

Es war einmal ein kleiner Teufel. Sein größter Wunsch war es, später mal ein Teufel zu sein, der Witze erzählen und die Zähne fletschen konnte. Aber erstmal wollte er drei genauso legendäre Haare haben, wie seine Großmutter sie besaß.

Jeden Morgen, wenn er erwachte, lief der kleine Teufel zum Teufelsspiegel in der Hoffnung, dass ihm über Nacht drei solche Haare gewachsen sein mögen. Und jedes Mal verzog er das Gesicht, wenn er feststellte, dass außer zwei winzigen Hörnern nichts zu sehen war. Den kleinen Teufel befiel eine große Traurigkeit. Weinend lief er zu seiner Großmutter, warf sich in ihre Arme und schluchzte.

»Oma, was soll ich nur machen, damit mir endlich auch solche Haare wachsen wie dir?«

Die Großmutter strich ihrem Enkel über den Kopf. »Nun, mein kleiner Teufelsbraten«, sprach sie sanft und

PNEUMANT

zupfte scherzhaft an seinen beiden Hörnchen. »Es gibt etwas, das du tun kannst.« Erwartungsvoll blickte der kleine Teufel sie an. »Du musst quatschen«, sagte die Oma. »Das ist ja einfach!«, rief der kleine Teufel und machte sich gleich an die Arbeit.

Er lief zu seiner Spielzeugkiste, kramte einen Himbeergeist heraus und fing an, ihn zu bequatschen. Als er damit fertig war, lief er zum Spiegel und sah hinein. Aber was war das? Erschrocken wich er zurück. Auf seinem Kopf war tatsächlich etwas gewachsen, nur sprossen da keine Haare, sondern drei nichtssagende Autoreifen. Aufgeregt rannte er zu seiner Großmutter.

»Oma, Oma! Guck doch mal!«

»Seltsam«, sagte die Großmutter und wiegte nachdenklich den Kopf. »Aber eigentlich auch cool.«

Der kleine Teufel verstand die Welt nicht mehr.

»Was zur Hölle soll denn daran cool sein?«

»Nun, weißt du, Hase«, sagte die Großmutter und lächelte mild. »Wir Teufel sind ein altes Geschlecht. Es gibt uns seit Menschengedenken, und wir haben viel geleistet. Aber nicht einem von uns ist es bis jetzt gelungen, Autoreifen auf seinem Kopf wachsen zu lassen. Du kannst sehr stolz darauf sein, mein Junge.«

»Echt jetzt?«

»Absolut«, sagte die Großmutter und kniff ihrem Enkel liebevoll in die Wange. Der strahlte stolz und beschloss, als einziger Autoreifenteufel der Welt in die Geschichte einzugehen.

Hat er ja geschafft.

GODOT INDES …

… hatte den U-Bahnhof verlassen und war etwas unentschlossen. Er könnte sich ein Eis kaufen oder neue Socken, oder er könnte der Frau folgen, die ihn eben im Vorbeigehen angeschaut hatte. War da nicht eine sachte Aufforderung in ihrem Blick gewesen? Ein verheißendes Lächeln sogar? Und wäre es nicht mal Zeit für eine schöne Liebesgeschichte?

Jetzt werden Sie vielleicht denken: Ha, das ist bestimmt die Frau von vorhin, die er nicht bemerkt hat. Die, der er damals den Frosch in die Mappe gesteckt und die später den Glühlampenmann geheiratet hat. – Es ist Ihr gutes Recht, das zu denken, doch wäre das nicht ein großer Zufall? Die Welt ist schließlich groß und hat sehr viele verschiedenartige Frauen. Sie müssen ja nur mal von diesem Buch aufschauen und sich umgucken.

Na ja, wenn Sie gerade in Ihrer Wohnung sind, wäre es nicht verwunderlich, wenn Ihnen die dort ebenfalls anwesende Frau bekannt vorkäme. Aber vielleicht sitzen Sie ja auch gerade in der Straßenbahn, da kennen Sie mit Sicherheit keine einzige Frau, es sei denn, Sie führen jeden Tag um die gleiche Zeit mit dieser Linie, das wäre wieder etwas anderes. Also machen wir es kurz: Es war nicht die Frau von vorhin, sondern eine gänzlich andere, der Godot jetzt folgte. Sie hatte einen wiegenden Gang, der ihn ein wenig an den Gang seiner Mutter erinnerte. Seine Mutter – wie lange hatte er nicht an sie gedacht, und wie mochte es ihr wohl gehen?

Während Godot darüber nachsann, bügelte seine Mutter gerade ihr hübsches grünes Kleid mit den rosa Karos. Es war ihr Lieblingskleid, und sie bügelte es jeden Mittwoch, weil der Mittwoch ihr Lieblingstag war. Überhaupt mochte sie Dinge, die in der Mitte lagen. So trug sie ihr Haar am liebsten mittelbraun mit einem schönen Mittelscheitel, sie liebte Bücher über das Mittelalter, die sie allerdings bei der Hälfte aus der Hand legte, um einen kleinen Spaziergang am Mittellandkanal zu machen, wo sie sich wegen des windigen Wetters oft eine Mittelohrentzündung zuzog, von der sie sich später bei einem Urlaub am Mittelmeer erholte.

So war sie, die Mutter von Godot, auf die wir vielleicht nochmal zurückkommen, vielleicht aber auch nicht.

Godot folgte also der Frau, die die Straße hinunterlief, über die Kreuzung, die nächste Straße rechts, die zweite links, am Kaufhaus vorbei, vor dem noch immer der Weihnachtsmann stand, den Godot lässig abklatschte. Dann noch zweimal rechts, wieder links, und an der nächsten Ecke hinein in ein Spielkasino.

Sieh an, dachte Godot. Die Frau spielte also, offenbar liebte sie das Risiko, setzte alles auf eine Karte, führte ein Leben auf des Messers Schneide, hart am Limit, immer einen Fingerbreit am Abgrund sozusagen. Da war es doch nur recht und billig, wenn auch er mal etwas wagte. Andererseits, hieß es nicht auch, Zocken sei der Sohn des Geizes und der Vater der Verzweiflung? Und wollte er mit so einer Frau wirklich etwas zu tun haben? Aber vielleicht spielte sie ja auch gar nicht, sondern gehörte zum Personal. Doch was, wenn nicht? Und was würde wohl seine Mutter dazu sagen? Aber die bügelte noch immer ihr grünes Lieblingskleid mit den rosa Karos, als es plötzlich an der Tür klingelte. Eigentlich klingelte es immer an der Tür, wenn sie gerade dieses Kleid bügelte. Mal war es ihre Nachbarin, mal die Frau von nebenan, hin und wieder schaute auch die Dame vorbei, die ebenfalls auf dieser Etage wohnte. Beim Kaffee redete man über dies und das, nichts wirklich Wichtiges, dennoch vergaß seine Mutter darüber jedes Mal das Bügeleisen, welches auch jetzt wieder ein hässliches Loch in das Kleid gebrannt hatte. Das war nicht schön, doch was soll man machen. Sie würde das Loch später mit einem weiteren rosa Karo flicken, und es wäre wieder gut.

Von alldem ahnte Godot nichts, und wir wollen ihn auch nicht damit behelligen, schließlich hatte er eine Entscheidung zu treffen, die womöglich weitreichende Konsequenzen hatte. Denn angenommen, die Frau war tatsächlich eine Spielerin, dann würde sie vielleicht ge-

POKERFACE
RAUCH

nau in diesem Moment am Roulettetisch stehen und einen Stapel Jetons auf die 27 setzen. Sicher ein gutes Zeichen, denn die 27 war Godots Lieblingszahl. Der Croupier würde die Roulettescheibe in Bewegung setzen, und dann würde die Kugel rollen und rollen und rollen. Und wenn Godot sich ein wenig beeilte, würde die Kugel vielleicht noch rollen, wenn er dort ankäme. Ja, genauso würde es sein, und damit war seine Entscheidung klar. Er klopfte sich den Staub vom Jackett, rückte seinen Hut zurecht und betrat das Kasino.

Was für eine irrlichternde Welt der Versuchungen mit ihren rasselnden, surrenden und blinkenden Maschinen – eine Wunderwelt, die allerdings gänzlich unbewohnt schien, kein Mensch war hier, nicht einer. Godot lief staunend durch die Gänge, und je länger er lief, desto mehr hatte er das Gefühl, dass sich die Zeit ausdehnte. Er bewegte sich zwar genauso schnell, doch um ihn herum schien sich alles zu verlangsamen, so als habe jemand die Zeitlupe eingeschaltet. Die Lichter der Maschinen blinkten immer schwerfälliger, und aus ihrem Klimpern wurde ein zähes Dröhnen, bis schließlich Stille war. Die Zeit war stehen geblieben.

Was es nicht alles gibt, dachte Godot und ging weiter bis zum Ende der Automatenhalle. Dahinter lag der Saal mit den Spieltischen. Kristallene Lüster hingen von den Decken, die Böden waren mit edlen Teppichen ausgelegt, und die Menschen trugen Abendgarderobe. Doch auch hier herrschte absoluter Stillstand, alle schienen in der Bewegung erstarrt. Wie im Film, dachte Godot. Und er war der Held. – Ein guter Gedanke, wie er fand, und so verlangsamte er seinen Schritt, um das Gefühl ein wenig auszukosten. An einem der Pokertische blieb er stehen und warf einen Blick in die Karten der Spieler. Er hatte keine Ahnung von Poker, aber das musste er auch nicht, um das Blatt des Spielers, den er am unsympathischsten fand, mit dem des jungen Mannes zu tauschen, dem die Verzweiflung ins Gesicht geschrieben stand. Das Prozedere wiederholte er an drei weiteren Tischen und erholte sich schließlich bei einem Martini, den er einem Pudel aus der Hand nahm, der auf einer älteren Dame wohnte.

Bei alldem hätte Godot die Frau, wegen der er eigentlich hier war, fast vergessen, als er sie plötzlich an einem Roulettetisch am Ende des Saales entdeckte. Seine Vermutung war also richtig gewesen. Er ging zu ihr und betrachtete sie. Ja, sie war wirklich hübsch, aber wen lächelte sie da an? Godot folgte ihrem Blick und landete beim Croupier, dessen Gesicht mit einem Zwinkern eingefroren war. Na toll, dachte er. So eine ist das also, lächelt wohl jeden an. Aber was, wenn er sich irrte? Vielleicht lächelte die Frau einfach nur gern, weil sie ein freundlicher Mensch war. Oder versprach sie sich von ihrem Lächeln, dass der Croupier die Kugel auf die 27 fallen ließ, weil sie daran glaubte, dass er es in der Hand hatte? Und wollte Godot mit Leuten zu tun haben, die ihr Glück so leichtgläubig in die Hände anderer legten? Doch vielleicht waren die beiden gar keine Fremden, vielleicht waren sie gar ein Gangsterpaar, und das Lächeln der Frau war ein verschwörerisches, das der Croupier mit einem ebenso verschwörerischen Zwinkern erwiderte. Aber was, wenn nicht? Dann wäre es für Godot doch ein Leichtes, die

Frau für sich zu gewinnen, indem er die Kugel auf die 27 legte. Aber sollte eine Liebesgeschichte tatsächlich so beginnen?

Godot wog das bei einem doppelten Wodka ab, den er einem kleinen Mädchen aus der Hand nahm, das lässig mit einer Zigarette im Mundwinkel an der Wand lehnte und die Szenerie teilnahmslos zu beobachten schien. Er könnte natürlich allen Eventualitäten aus dem Weg gehen und einfach nur ein paar Jetons mitgehen lassen oder besser gleich mit der ganzen Kasse der Spielbank verschwinden. Und wenn man ihm auf die Schliche kam? Man würde ihn verurteilen und in den Kerker werfen, den Rest wollte er sich gar nicht ausmalen. Doch es passieren ja mitunter auch andere schlimme Dinge. So kann man zum Beispiel Opfer eines schlecht organisierten Bumerang-Treffens werden, sich an einem Schild mit der Aufschrift *ACH!* stoßen, eine Rosine verschlucken oder gar sein eigenes Auto wegen Falschparkens anzeigen. Das alles kann passieren, weiß man ja vorher nicht.

Während Godot darüber nachsann, gönnte er sich den Whiskey aus der verschwitzten Hand eines Mannes, der ebenfalls am Roulettetisch stand. Ein Immobilienmakler, der gerade im Begriff war, das Geld aus einem erfolgreichen Abschluss zu verspielen. Godot wusste das nicht, das wissen nur wir, aber es ist auch nicht so wichtig, zweitrangig, spielt keine Rolle, völlig unnützes Wissen sozusagen, vergessen Sie's einfach.

Godot jedenfalls trank den Whiskey und entschloss sich dann, einen Blick in die Handtasche der Frau zu werfen. Das würde ihm die Entscheidung bestimmt erleichtern, denn so eine Frauenhandtasche sagte doch einiges über den Charakter ihrer Besitzerin aus, da war er sich ganz sicher. Befände sich zum Beispiel ein Hase darin oder ein Pferdehalfter, wüsste man gleich, dass sie Tiere liebte, bei einer Axt oder einer Gewindeschneidkluppe könnte man unterstellen, dass sie über handwerkliche Talente verfügte, und barg die Handtasche einen Petroleumkocher oder eine Armbrust, konnte man davon ausgehen, dass sie eine Abenteurerin war.

Allerdings befand sich in der Handtasche nichts dergleichen, sondern lediglich eine halb volle Gießkanne und das Foto eines Fahrradfahrers in einer komischen Felljacke. Den hatte er schon mal irgendwo gesehen. Godot grübelte, aber es fiel ihm nicht ein, weshalb er sich einen Cuba Libre genehmigte, den er diesmal von einem düster dreinblickenden Mann nahm, dessen Mund so dünn wie ein Faden war. Doch alle Grübelei führte zu nichts, also entschloss sich Godot, einfach gar nichts zu tun. Er ließ die Kugel, wo sie war, schwankte aus dem Kasino, legte sich auf eine Bank im nahe gelegenen Park und schlief ein.

Das war sicher besser so, denn was dann geschah, hätte unseren Helden zutiefst verstört. Irgendwann nämlich taute die eingefrorene Zeit wieder auf, und es kam Leben in die Bude. Ein Vorgang, von dem das Leben selbst gar nichts bemerkte, weil es ja wegen der eingefrorenen Zeit nicht registriert hatte, dass es weg war. Und es war auch niemand da, der es ihm hätte sagen können, und selbst wenn da jemand gewesen wäre, was hätte das Leben mit diesem Wissen anfangen sollen? Denn seien wir mal ehrlich, das Leben ist schon ein ziemlich gedankenloses Ding, lebt so vor sich hin und schert sich nicht um die Leute, die versuchen, ihm irgendeinen Sinn zu geben, es leicht oder schwer zu finden oder darüber nachzusinnen, ob es von Schicksal oder Zufall geleitet wurde. Ganz zu schweigen von der Frage, was wohl kam, wenn es vorbei war. Das alles war dem Leben herzlich egal, es ging einfach weiter. So auch in diesem Kasino, wo die Kugel nun wieder rollte und rollte und rollte, was auf die Dauer ziemlich langweilig wäre, gäbe es nicht zum Glück eine andere Geschichte zu erzählen, die sich zufälligerweise im selben Park ereignete, in dem Godot gerade auf der Bank lag und schlief.

ZUM GLÜCK EINE ANDERE GESCHICHTE

Ein dünner Mann saß auf einer Parkbank, aß eine Stulle und sah den Leuten beim Spazierengehen zu. Ein zweiter, sehr dicker Mann ging vorbei, und als er den dünnen Mann auf der Bank sitzen sah, blieb er stehen. Der Mann hat es gut, dachte er. Er sitzt da auf der Bank, isst eine Stulle und schaut den Leuten beim Spazierengehen zu. Vielleicht sollte ich das auch mal probieren.

Er ging auf den dünnen Mann zu und fragte ihn, ob es ihm etwas ausmache, wenn er sich neben ihn setze. Der dünne Mann hatte nichts dagegen und machte ein wenig Platz, weil der dicke Mann wirklich sehr dick war. Nun hatte aber der dicke Mann keine Stulle, was ihn auf die Dauer sehr unzufrieden machte. Wie soll ich Spaß daran haben, den Leuten beim Spazierengehen zuzuschauen, wenn ich keine Stulle dabei essen

CHEEP
SHIT
WURST
HUNDELEBE

kann wie der Mann neben mir, dachte er und seufzte sehr tief.

Der dünne Mann hielt mit dem Kauen seiner Stulle inne und betrachtete seinen Nachbarn, der sehr griesgrämig aussah. Vielleicht ist er traurig, dachte der dünne Mann. Vielleicht hat seine Frau ihn verlassen, oder jemand ist gestorben. Aber so ist das Leben. Er schob den letzten Bissen seiner Stulle in den Mund und schenkte seine Aufmerksamkeit einer Frau in hohen Schuhen, die einen hässlichen kleinen Hund hinter sich herzog.

»Wie kann eine so schöne Frau einen so hässlichen kleinen Hund haben«, sagte er. Normalerweise hätte er diesen Gedanken nicht ausgesprochen, doch er meinte, den dicken Mann ein wenig aufheitern zu müssen. Aber der schaute nach wie vor sehr verdrossen in die Landschaft. Dann eben nicht, dachte der dünne Mann. Dann kaufe ich mir jetzt eine schöne Krawatte. Er stand auf und ging federnden Schrittes den Parkweg hinunter.

»Der hat's gut«, murmelte der dicke Mann und schaute dem dünnen Mann nach, bis er ihn nicht mehr sehen konnte. Und so konnte er auch nicht mehr sehen, wie der dünne Mann die Straße überquerte, den Krawattenladen betrat und sich eine schöne Krawatte aussuchte. Wie er dann nach Hause ging, den Briefkasten öffnete, einen Brief herausnahm und ihn in seine Wohnung trug. Wie er den Brief las, regungslos an seinem Küchentisch verharrte und einen Entschluss fasste. Und wie er schließlich die schöne Krawatte an einem Haken in der Decke befestigte, um sich daran zu erhängen. Von alldem wusste der dicke Mann nichts. Zum Glück.

GODOT WUSSTE ...

... von alldem ebenfalls nichts, denn er schlief ja, wie wir wissen. Außerdem ist gar nicht sicher, ob sich die Geschichte wirklich zur selben Zeit zugetragen hat, aber ist auch nicht so wichtig. Jedenfalls nicht so wichtig wie das, was sich gerade im Kasino abspielte, wo die Roulettekugel noch immer rollte, um schließlich, ob Sie's glauben oder nicht, auf der 27 liegen zu bleiben. Einfach so, hat sie keiner gezwungen, purer Zufall, wie man so schön sagt.

Nach einem kurzen Moment ergriffener Stille fing die Frau vor Glück an zu schreien, und zwar so laut, dass auch die anderen Gäste in Geschrei ausbrachen. Nur der Pudel auf dem Kopf der älteren Dame schrie nicht, sondern weinte nur still und sehr verzweifelt in sich hinein, doch das wollte mal wieder keiner sehen.

RIEN
A PLUS
27

Ebenso unbemerkt blieb, dass er sich zwischendurch in ein Nilpferd verwandelte, dann in einen Regenschirm, zwei Wiener Würstchen, einen Elfenbeinturm, in dem er mehrere glückliche Jahre verbrachte, und zuletzt in seinen eigenen Kern, an dem er sich schließlich verschluckte. Und dann war er verschwunden. Einfach so. Als die ältere Dame das bemerkte, sank sie ohnmächtig in die Arme des düster dreinblickenden Fadenmundmannes, worauf dieser hintenüberkippte und sich den Kopf an einem Schild mit der Aufschrift *ACH!* stieß.

Doch wie gesagt, Godot blieb das alles verborgen auf seiner Parkbank, wo er schlief, bis er am nächsten Morgen von einem seltsamen Geräusch aufgeweckt wurde. Es war ein Rattern, vielleicht aber auch ein Schmatzen oder Knirschen, wie man es von seltenen und schwer zu beschreibenden Tieren kennt. Benommen setzte Godot sich auf.

»Sind Sie ein Spion?«

Er zuckte zusammen. Jemand sprach zu ihm, aber er konnte niemanden sehen. Da war nur eine Krähe, die gelangweilt auf dem Weg herumspazierte.

»Ob Sie ein Spion sind, hab ich gefragt«, wiederholte die Stimme ungeduldig. Sie schien aus dem Müllbehälter zu kommen, der neben der Bank stand. Godot rückte vorsichtig ein Stück näher.

»Kommen Sie mir bloß nicht zu nah, das kann ich nicht leiden!«, zischte die Stimme.

Godot schreckte zurück. Aber nein, er sei kein Spion und er werde auch nicht näher kommen.

»Gut«, erklärte die Stimme erleichtert. »Dann kann ich Ihnen ja ein Geheimnis verraten. Aber bleiben Sie, wo Sie sind, verstanden?«

Godot versprach es.

»Also«, erklärte die Stimme mit gewichtigem Unterton. »Hören Sie zu, ich sage Ihnen jetzt etwas, das werden Sie nicht für möglich halten.«

Godot rückte unwillkürlich wieder etwas näher an den Müllbehälter heran.

»Ey, Kollege! Sie sollen bleiben, wo Sie sind! Sind Sie vielleicht doof oder sowas?«

Godot verneinte, wich reumütig ein wenig zurück, gab aber zu bedenken, dass man das Gespräch vielleicht belauschen könne. Da sei zum Beispiel diese Krähe, die auf dem Weg herumspaziere. Vielleicht tue sie nur so harmlos, bei Krähen wisse man ja nie so genau. »Eine Krähe, sagen Sie?« Die Stimme senkte ihre Stimme. »Wie sieht sie aus?«

Na, wie Krähen eben so aussähen, schwarzgrau gefiedert, Schnabel, Krähenfüße, das ganze Programm.

»Das ist schlecht«, sagte die Stimme nachdenklich. »Die kenne ich, ein ganz übler Geselle, sag ich Ihnen. Haben Sie zufällig einen Uhu dabei?«

Godot bedauerte.

»Ganz schlecht. Und einen Würfelmolch? Haben Sie vielleicht einen Würfelmolch bei sich?«

Godot schüttelte den Kopf. Nein, leider nicht. Und wieso eigentlich einen Würfelmolch?

»Na, weil Würfelmolche die natürlichen Feinde der Krähe sind, das weiß doch jedes Kind«, erklärte die Stimme. »Wenn man also keinen Uhu zur Hand hat, sind Würfelmolche das Mittel der Wahl. Also keinen Würfelmolch dabei, Kollege?«

Godot schüttelt verwirrt den Kopf. Er sollte gehen, und zwar so schnell wie möglich.

»Sie gehen nirgendwohin«, sagte die Stimme gebieterisch. »Sie bleiben hier! Oder wollen Sie etwa das Geheimnis nicht hören?«

Doch, natürlich. Es interessiere ihn sehr, dieses Geheimnis. »Ok«, sagte die Stimme. »Dann warten Sie eine Minute, ich überlege mir was wegen der Krähe.«

Einverstanden.

»Und Sie sind sicher, dass Sie keinen Würfelmolch dabeihaben?«

Hundertprozentig sicher, er habe gerade nochmal nachgesehen, log Godot.

»Sie lügen«, tönte es vorwurfsvoll aus dem Müllbehälter. »Aber alle Menschen lügen, das liegt in ihrer beschissenen Natur. Und jetzt warten Sie, ich bin gleich wieder da.«

Godot gehörte zu den Leuten, die nicht gern Widerworte gaben. Um des lieben Friedens willen, wie er sich einredete. Es gab schließlich schon genug Zank und Streit auf der Welt, da musste er nicht auch noch dazu beitragen. – Diese Gedanken dachte Godot, während aus dem Müllbehälter wieder jenes Geräusch drang, das ihn vorhin aufgeweckt hatte. Jenes Rattern, vielleicht aber auch Schmatzen oder Knirschen wie von seltenen und schwer zu beschreibenden Tieren. Wie von Würfelmolchen zum Beispiel. Ach so ist das, dachte Godot.

Da wollte ihn wohl jemand schön reinlegen. Aber nicht mit ihm, Geheimnis hin oder her. Andererseits, wenn es sich bei dem Ding im Müllbehälter tatsächlich um einen Würfelmolch handeln sollte, warum kümmerte der sich dann nicht selbst um das Krähenproblem? Oder war das vielleicht sogar das Geheimnis, das ihm anvertraut werden sollte?

Nun, während Godot darüber nachdenkt, haben wir Zeit, uns die Geschichte des Würfelmolches etwas genauer anzuschauen.

DER WÜRFELMOLCH

Es war einmal ein Würfelmolch. Gemeinsam mit vielen anderen Würfelmolchen lebte er auf einer Wiese und tollte mit ihnen den ganzen Tag umher, dass es eine Freude war. Am liebsten spielten sie Hockey, aber noch lieber fuhren sie mit ihren kleinen Ruderbooten im nahe gelegenen Bach herum und erlegten niedliche Schummlinge, die sie abends über dem Feuer grillten. Manchmal würfelten sie auch, aber das war eher selten.

Eines Tages nun, der Würfelmolch polierte gerade seinen Hockeyschläger, kam ein Molch des Wegs, den er noch nie gesehen hatte. Eigentlich kannte er alle Molche in der Gegend, aber dieser schien neu zu sein.

»Guten Tag«, sagte der fremde Molch und verbeugte sich höflich.

»Tach«, erwiderte der Würfelmolch und musterte den anderen argwöhnisch.

»Mein Name ist Axel, und ich komme von weit her.«

»Aha«, sagte der Würfelmolch gleichmütig und ohne seine Polierarbeit zu unterbrechen. »Und?« Es schien ihm eine kluge Taktik zu sein, sich nicht anmerken zu lassen, dass er vor Neugier fast platzte. Schließlich hatte sich noch nie ein Fremder in diese Gegend verirrt.

»Ich komme aus einem fernen Land und habe eine lange Reise hinter mir«, erklärte der Molch Axel. »Und jetzt bin ich hier.«

»Nicht zu übersehen«, antwortete der Würfelmolch so gelangweilt wie möglich. »Und weiter?«

»Nun, ich würde mich gern ein wenig umschauen, aber ich kenne hier niemanden und wollte Sie fragen, ob Sie vielleicht die Freundlichkeit besäßen, mich ein wenig herumzuführen.«

Wie gewählt der sich ausdrückt, dachte der Würfelmolch. Er denkt bestimmt, er ist was Besseres. Weil er sich jedoch auch ein wenig geschmeichelt fühlte, dass der andere ausgerechnet ihn fragte, willigte er ein.

»Ok«, sagte er. »Ich muss aber noch meinen Hockeyschläger zu Ende polieren.«

»Ach, das ist ja wirklich sehr freundlich von Ihnen, vielen Dank«, freute sich der Molch Axel. »Und selbstverständlich warte ich, es hat ja keine Eile.«

Er nahm seinen Rucksack ab, legte sich ins Gras, verschränkte die Arme unter dem Kopf und blinzelte zufrieden in die Sonne.

Komischer Vogel, dachte der Würfelmolch. Was der wohl im Schilde führt. Aber das würde er schon noch herausbekommen. »So, fertig«, erklärte er, nachdem er seinen Hockeyschläger ausreichend poliert hatte. »Wir können dann los.«

»Ausgezeichnet«, freute sich der Molch Axel, stand auf, streckte sich und schulterte seinen Rucksack. »Ich bin schon sehr gespannt.«

Zuerst führte ihn der Würfelmolch zum Hockeyplatz, wo gerade die Jugendmannschaft trainierte.

»Wahrlich, das ist ein äußerst faszinierender Sport«, befand der Molch Axel. »Bestünde wohl die Möglichkeit, eine Probestunde zu nehmen?«

»Eine Probestunde?«

»Gewiss«, erklärte der andere. »Ich würde selbstverständlich auch dafür bezahlen.«

»Keine Ahnung.« Der Würfelmolch zuckte die Schultern. »Müssen wir den Trainer fragen.«

Der Trainer hatte nichts dagegen, Axel könne ein bisschen mittrainieren, wenn er wolle. Also überließ der Würfelmolch dem Fremden seinen Schläger, mit dem dieser den Ball so gekonnt über das Feld führte, als habe er nie etwas anderes getan. Die Spieler bekamen ihre Münder vor Staunen gar nicht mehr zu, und auch der Trainer schien sichtlich beeindruckt.

Alle Achtung, dachte der Würfelmolch. Der Typ hat's ja echt drauf.

»Spielen Sie schon länger Hockey?«, wollte er wissen.

»Oh nein, wo denken Sie hin.« Der Molch Axel winkte ab und lachte gutmütig. »Ich habe noch nie zuvor von

UND weiter
AXEL
REISE
FÜHRER
CHAMPIONS

einem solch großartigen Sport gehört. Und was machen wir jetzt?«

»Zum Bach runter, Boot fahren, Schummlinge jagen und so.«

»Ganz fabelhaft«, freute sich der Molch Axel und klatschte begeistert in die Hände. »Schummlinge zu jagen scheint mir ein sehr außergewöhnlicher Zeitvertreib zu sein!«

Der Würfelmolch verdrehte die Augen. Was für ein Geschwurbel, dachte er, aber was soll's, er hatte sowieso gerade nichts Besseres zu tun, also führte er den Molch Axel hinunter zum Bach, wo ein paar seiner Kumpels schon ihre Harpunen für die Jagd präparierten.

»Jungs, hört mal her!«, rief er ihnen zu. »Dieser Typ hier ist mir heute zugelaufen. Er sagt, er heißt Axel und will 'ne Runde Boot fahren.«

Der Molch Axel verbeugte sich und wünschte allseits einen guten Tag. Scheele Blicke, Gekicher, Getuschel. Na gut, kein Ding, soll er ruhig.

Und kaum zu glauben, auch bei der Schummlingsjagd erwies sich der Fremde als ein wahrer Meister. Während selbst die begabtesten Molche nur jeden dritten Schummling mit ihren Harpunen erwischten, zog Axel die possierlichen Tierchen mit der bloßen Hand aus dem Wasser. Der Würfelmolch stand am Ufer und schüttelte den Kopf. Das ging doch nicht mit rechten Dingen zu.

»Sie kennen sich aber ziemlich gut mit Schummlingen aus«, sagte er, als der Molch Axel wieder an Land war. »Gibt es da, wo Sie herkommen, auch welche?«

Der andere wiegte nachdenklich den Kopf. »Nein, nicht dass ich wüsste«, sagte er und betrachtete fasziniert den Inhalt seines Eimers. »Eine solch wundervolle Spezies ist mir wirklich noch nie begegnet.«

»Aber wie kommt es, dass Sie so gut sind mit allem?«

»Ach, wo denken Sie hin«, wiegelte der Molch Axel bescheiden ab. »Das ist purer Zufall. Sehen Sie zum Beispiel dort hinten diese Krähe?«

Tatsächlich hüpfte ein paar Meter weiter eine Krähe auf der Wiese herum.

»Seh ich, und?«

»Nun«, erklärte der fremde Molch. »Ich wette mit Ihnen, dass es mir nicht gelingen wird, ihrer habhaft zu werden und ihr eine Feder zu entwenden.«

»Aber was, wenn doch?«, wandte der Würfelmolch ein. »Was, wenn Sie diese Wette verlieren?«

Der andere dachte einen Augenblick nach, während er mit auf dem Rücken verschränkten Händen hin- und herging.

»Ich hab's!«, rief er schließlich aus. »Sollte ich die Wette verlieren, verrate ich Ihnen ein Geheimnis, das niemand sonst kennt.«

Nicht schlecht, dachte der Würfelmolch, denn er fand Geheimnisse ziemlich gut.

»Und was ist, wenn Sie gewinnen?«

»Sollte ich gewinnen, verrate ich Ihnen ein Geheimnis, das niemand sonst kennt«, erklärte der Molch Axel.

Der Würfelmolch stutzte.

»Aber das ist doch genau dasselbe. Das ist ja dann gar keine richtige Wette.«

»Das mag sein, nur ist es am Ende eigentlich egal, finden Sie nicht?«

Hm, gar nicht mal so dumm, dachte da der Würfelmolch. Egal, was er macht, ich habe gewonnen. »Abgemacht«, sagte er schließlich und reichte dem anderen die Hand. »Die Wette gilt.« Der Molch Axel lächelte weise und schlug ein.

Ob der Molch Axel die Wette gewonnen oder verloren hat, bleibt ein Geheimnis. Aber ist ja am Ende auch egal.

WÄHRENDDESSEN GODOT …

… noch immer auf seiner Bank saß und gespannt war, was das Ding aus dem Müllbehälter ihm wohl mitzuteilen hätte. Doch was soll ich Ihnen sagen, es meldete sich nicht mehr. Kein Rattern mehr und auch kein Schmatzen oder Knirschen wie von seltenen und schwer zu beschreibenden Tieren. Nichts. Da gibt es eigentlich nur zwei Möglichkeiten: Entweder es hat sich aus dem Staub gemacht, oder es hat nie existiert, weil Godot es nur phantasiert oder geträumt hat. Denn wir erinnern uns, er hatte im Spielcasino so einiges getrunken, und dann die Sache mit der eingefrorenen Zeit, da kann es im Kopf schon mal drunter und drüber gehen, finden Sie nicht?

Die Krähe jedoch gab es wirklich, und sie spazierte noch immer gelangweilt auf dem Weg herum. Oder war auch sie ein Hirngespinst?

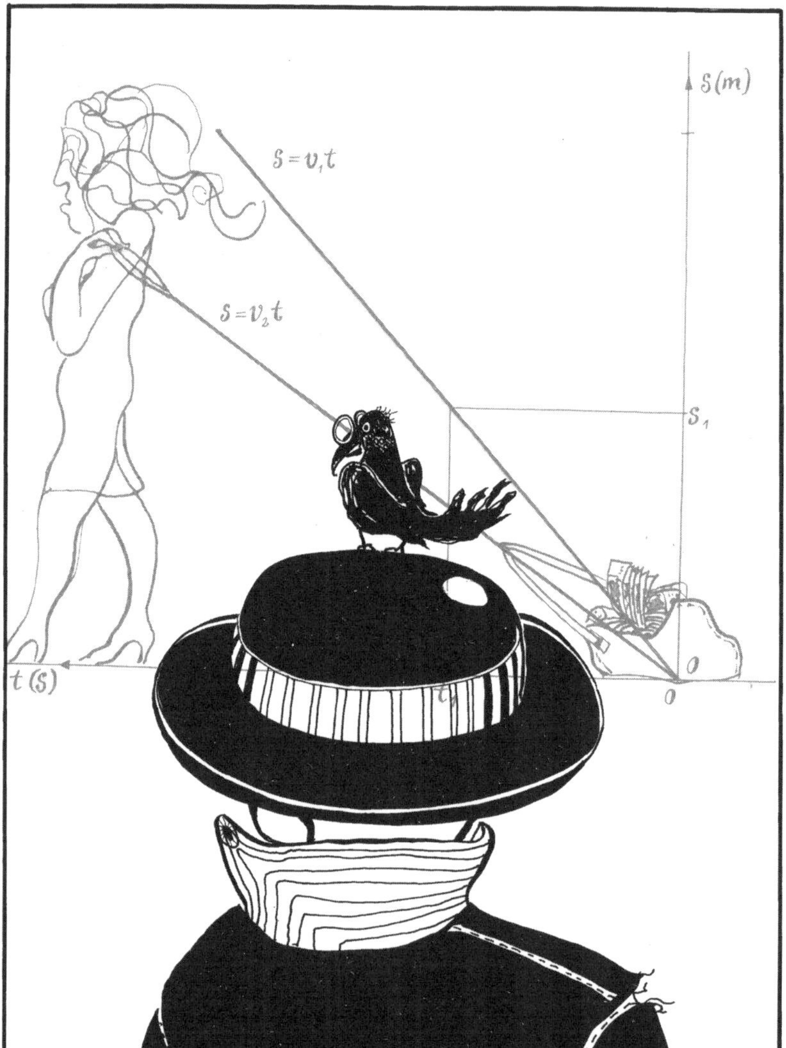
S(m)
S = v₁t
S = v₂t
S₁
0
t (S)
0

Godot hob einen kleinen Stein vom Boden auf und warf ihn nach dem Tier. Aber die Krähe schüttelte nur den Kopf, spazierte ein paar Meter weiter, lehnte sich lässig an den Bordstein, zündete sich eine Zigarette an und schaute Godot mit einem Blick an, den er nicht so recht zu deuten wusste. Doch selbst die begabtesten Ornithologen scheitern ja mitunter in dem Bemühen, das Mienenspiel von Krähen zu interpretieren, da ist die Forschung noch nicht sehr weit.

Eine rauchende Krähe also, dachte Godot. Das ist schon allerhand. Er hatte mal von einer Krähe gelesen, die nach Feierabend gern einen Kräuterschnaps trank und dabei Dokumentationen über andere Vögel guckte, weil sie es wichtig fand, über den eigenen Tellerrand hinauszuschauen. Auch soll sie mehrere kritische Aufsätze dazu veröffentlicht haben, doch das half ihm bei dieser Krähe jetzt auch nicht weiter. Und überhaupt, was kümmerte ihn die Krähe, hatte er nicht gerade ganz andere Sorgen? Nein, hatte er nicht. Deshalb schaute er wieder die Krähe an. Und die Krähe schaute ihn an. Unverwandt, wie man so schön sagt. Ganz anders als der Paradiesvogel, der ein naher Verwandter der Krähe ist. Obwohl man ja sagt, dass Paradiesvögel eher Nichtraucher seien, weil sie im Regenwald lebten und die Zigaretten dort wegen des Regens andauernd ausgingen. Diese Krähe hingegen rauchte und schaute Godot an, und Godot schaute die Krähe an.

Wer zuerst blinzelt, dachte er.

Das hätte noch ewig so weitergehen können, wäre nicht die Frau gewesen, die vorüberging und die auf bestechende Weise jener Frau ähnelte, die im Spielkasino gerade unfassbar viel Geld gewonnen hatte. Godot schaute ihr versonnen hinterher und bemerkte nicht, dass die Krähe die Situation schamlos ausnutzte, um heimlich zu blinzeln. Dann drückte sie ihre Zigarette aus und flog weg. So sind sie, die Krähen, haben es faustdick hinter den Ohren.

Godot schaute also versonnen der Frau nach und überlegte, ob er ihr wohl ein zweites Mal folgen sollte. Sollte er. Schließlich warten wir immer noch auf die verdammte Liebesgeschichte. Aber Godot hatte keine Lust. Außerdem musste er die Sache mit der Krähe zu Ende bringen. Doch die Krähe war weg. Na gut, dachte er. Wer nicht will, der hat schon. Geh ich eben der Frau hinterher. Einmal ist schließlich keinmal, wie es so schön heißt.

Und so folgte Godot der Frau mit dem wiegenden Gang ein zweites Mal. Wobei man sagen muss, dass ihr Gang diesmal weniger wiegend war, denn sie hatte so viel Geld gewonnen, dass sie ihre Tasche nicht mehr tragen, sondern hinter sich herziehen musste wie einen hässlichen kleinen Hund. Und so etwas wirkt sich ja eher unvorteilhaft auf den wiegenden Gang einer Frau aus, wie man weiß. Dennoch, Godot folgte ihr durch den Park, über die Straße, an der nächsten Kreuzung links, dann die zweite rechts, noch zweimal links und schließlich hinein in einen Waschsalon.

Wie praktisch, dachte Godot. Hatte er doch mal gehört, dass sich solche Etablissements hervorragend dazu eigneten, Bekanntschaften zu machen. Man musste gar nicht viel tun, nur herumsitzen und warten. Irgendwann würde sich jemand zu einem setzen und ein Gespräch beginnen. Dabei würde man feststellen, dass man ähnliche Interessen hat, wie zum Beispiel Fingerhakeln oder Spiegelei. Und dann würde man vielleicht zusammen in ein Spiegelei-Restaurant gehen, über dies und das reden und herausfinden, dass man neben Spiegelei und Fingerhakeln auch die Leidenschaft für tiefsinnige Gabelstapler-Gedichte teilt.

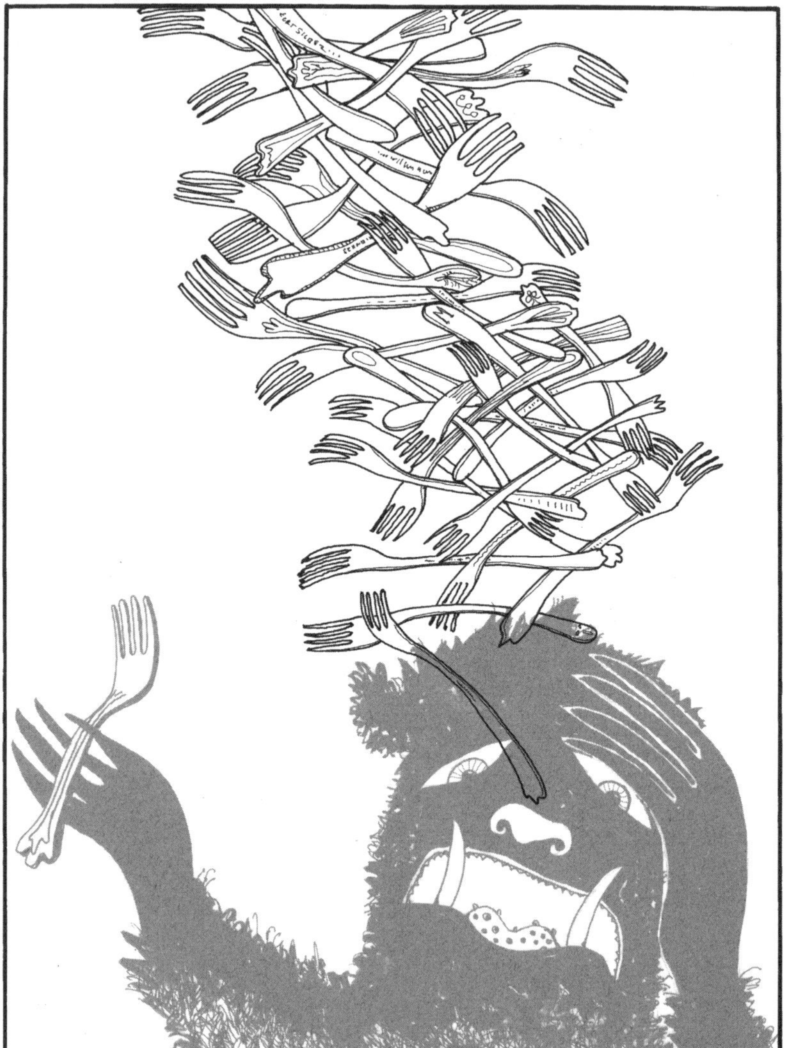

Tag und Nacht die Gabeln stapelnd
Klagt der Gabelstapler:
Ach, das Stapeln der Gabeln, ach
Andere Sachen würd ich gern machen
Aale jagen oder Katzen vergnatzen
Und nachts sacht auf Matratzen ratzen
Aber ach, ich bin zu schwach
Also stapel ich Gabeln
Tag und Nacht

Dann ein starker Hagelschlag
zerbarst das Dach des Lagers
Alle Gabeln begraben
Jauchzt der Gabelstapler:
Hach, kann ich ja was anderes machen
Aale jagen und Katzen vergnatzen
und nachts sacht auf Matratzen ratzen
Fand ein Fahrrad, radelte von dannen
Glücklicher Gabelstapler

SO PHANTASIERTE GODOT …

… als er der Frau in den Waschsalon folgte. Dabei bemerkte er nicht, dass vor dem Eingang ein paar Strickjacken herumlungerten und Skat spielten. Aber selbst wenn er es bemerkt hätte, hätte er nicht gewusst, dass skatspielende Strickjacken ein untrügliches Zeichen dafür sind, dass Unheil bevorsteht und dass er besser daran täte, den Waschsalon nicht zu betreten.

Alte Geschichte, weiß jedes Kind. Aber eben nicht Godot. Er betrat den Waschsalon und staunte nicht schlecht. Was für ein wunderbarer Ort! Es duftete nach frisch gestärkter Popeline, aus den Boxen perlte leise Klaviermusik, die Leute saßen in Liegestühlen, tranken Kaffee und sprachen mit gedämpften Stimmen.

Hier lässt es sich aushalten, dachte Godot und war der Frau dankbar, dass sie ihn hergeführt hatte. Diese schleifte ihre Geldtasche zu einer der Waschmaschinen, warf sie hinein, nahm die Maschine in Betrieb, holte sich einen Kaffee am Automaten und setzte sich in einen der Liegestühle.

Sieh an, dachte Godot. Sie wäscht ihre Tasche. Das erschien ihm zwar etwas ungewöhnlich, aber sie würde schon ihre Gründe dafür haben. Als er sich jedoch umsah, stellte er fest, dass auch in den anderen Maschinen allerhand komische Sachen herumgewirbelt wurden: Nachttischlampen, Kassettenrekorder, Klavierhocker und in einer sogar Kartoffelsalat.

»Na, wen haben wir denn da!«, tönte plötzlich ein satter Bariton hinter ihm. Godot fuhr herum. Da stand eine voluminöse Kreatur, die Arme in die ausladenden Hüften gestemmt, auf dem Kopf eine massive Lockenwicklerpracht aus Geldschein- und Münzrollen.

»Ein Neuankömmling!«, rief sie so laut, dass die Leute ihre Gespräche unterbrachen und neugierig herüberschauten. Nur die Frau, der er gefolgt war, schien das nicht zu interessieren, sie sah lieber dem lustigen Treiben in ihrer Waschmaschine zu.

»Ich bin die Große Popeline«, brüllte die Dicke und breitete die Arme aus. »Frisch gestärkt! Mal riechen?«

Godot lehnte dankend ab. Er habe Heuschnupfen und könne gerade nichts riechen.

»Sieh an!«, dröhnte die Große Popeline. »Heuschnupfen also!«

Die Leute steckten die Köpfe zusammen und tuschelten.

»So eine bekloppte Ausrede hat noch keiner gefunden, um nicht an mir riechen zu müssen! Riechen, jetzt hier, aber bisschen plötzlich!«

Und bevor er sich's versah, hatte ihn die Große Popeline in den Schwitzkasten genommen.

Godot hielt die Luft an, doch es nützte nichts – die Ausdünstungen der monströsen Frau krochen durch alle Poren und versetzten ihn in einen rauschähnlichen Zustand. Der Raum verschwamm, die Geräusche waberten diffus durch seinen Kopf, und schon bald roch es nicht mehr nach schwerer Popeline, sondern nach Erbsensuppe.

Getrieben vom Hunger und anderen seltsamen Gefühlen, befreite sich Godot aus dem Klammergriff der schweren Kreatur und taumelte durch den Waschsalon, der plötzlich die Größe einer Turnhalle hatte. Und es standen auch keine Waschmaschinen mehr darin, sondern senkrecht stehende Krokodile.

Allerhand, dachte Godot und bemerkte dabei nicht, dass ihm in Sekundenschnelle ein zweiter Bauchnabel wuchs, der den ersten von seinem angestammten Platz verdrängte. Aber auch das ist etwas, von dem nur wir wissen, Sie und ich. Und wir wissen auch, dass der Wechselnabel ein böses Omen ist. Hätte Godot davon gewusst, wäre er mit Sicherheit nicht an einem der Krokodile hochgeklettert. Doch er kletterte. Und kletterte. Und kletterte bis ganz nach oben, wo sich eine Art Dachluke befand und gleich daneben ein Schild mit der Aufschrift

HUNDE MÜSSEN DRAUSSEN BLEIBEN!

Eigentlich würde ich gern überspringen, dass Godot nach kurzer Überlegung wieder am Krokodil herunterkletterte, sich einen Hund suchte und ihn mit nach oben

Die Schrift zur Rechten
MATERI
Ece homo
DEAD
Das Kapital

nahm. Aber so war es nun mal, da kann die Maus hundertmal keinen Faden abbeißen. Deshalb war der Faden auch noch da, und Godot konnte damit den Hund auf dem Kopf des Krokodils anleinen. Das gefiel dem Krokodil allerdings nicht so gut, weil es fand, dass es mit einem Hund auf dem Kopf eher unvorteilhaft aussah. Es war mal einer Frau begegnet, die einen Pudel auf dem Kopf hatte, das war wirklich widerlich. Doch um die Bedenken des Krokodils können wir uns jetzt wirklich nicht kümmern.

Godot öffnete die Luke, kletterte hindurch und fand sich auf einer Art Wiese wieder. Vielleicht war es auch ein Autofriedhof oder das Einwohnermeldeamt, das können Sie sich gern aussuchen, denn es tut nichts zur Sache. Jedenfalls lief Godot ein Weilchen durch die Gegend, immer dem Erbsensuppengeruch nach, bis er schließlich in einen turnhallenähnlichen Raum gelangte, in dem diverse senkrechte Krokodile herumstanden. Eines davon trug einen Hund auf dem Kopf, was zwar ziemlich albern aussah, aber es wirkte dadurch weniger Angst einflößend als die anderen Krokodile. Godot kletterte hinauf bis ganz nach oben, wo sich eine Art Dachluke befand und gleich daneben ein Schild mit der Aufschrift

DAS JÜNGSTE GERICHT

Auweia, werden Sie jetzt vielleicht denken und sich zu Recht an die skatspielenden Strickjacken und den Wechselbauchnabel erinnern. Godot hingegen konnte das nicht, weil er nichts davon bemerkt hatte. Deshalb öffnete er die Luke und kletterte hindurch. Und da war es auch schon, das Jüngste Gericht, welches sich jedoch bei genauerem Hinsehen als überhaupt nicht jung erwies. Es bestand aus folgenden Personen: Friedrich Nietzsche, Bertolt Brecht, Albert Einstein, Katharina der Großen und Gevatter Tod. Über ihnen lag eine schwere Marihuanawolke, zu ihren Füßen türmten sich dreckige Teller mit den Resten ihres Mittagessens. Erbsensuppe.

Als die fünf Godots ansichtig wurden, lachten sie kurz auf, um ihn sofort wieder zu ignorieren und weiter ihren Joint wandern zu lassen. Das bot unserem Helden die Gelegenheit, sich ein wenig umzuschauen. Doch was er sah, war ein Schatten der Erbärmlichkeit: Er fand einen ziemlich runtergekommenen Übermenschen, ein paar verblasste Hochzeitsfotos von Katharina der Großen und ihrem Lieblingsmaulwurf, ein paar unfassbar schlechte Brecht-Verse und eine gescheiterte Revolution, die sich gerade an einem Kind die Zähne ausbiss. Ein schrecklicher Anblick. Außerdem war da noch ein schielender Chinese, der mit einem Auge Godot betrachtete und mit dem anderen melancholisch in die Ferne schaute. Das hatte seine Gründe, und die will ich Ihnen nicht vorenthalten.

DIE TELEPATHISCHEN CHINESEN

Es war einmal ein Chinese in New York, der mit seinem Zwillingsbruder in Seattle telepathisch verbunden war. Wenn er pinkeln musste, musste der andere auch, wenn sein Bruder Essen kochte, bekam er Hunger, und wenn er sich ärgerte, war auch der andere schlecht gelaunt.

So konnte es zum Beispiel passieren, dass der Chinese in Seattle aus heiterem Himmel seine Frau zur Schnecke machte, weil sein Bruder in New York gerade von einem Autofahrer geschnitten worden war. Das Problem war außerdem, dass die Brüder in verschiedenen Zeitzonen lebten und drei Stunden zwischen ihnen lagen. So kam es vor, dass der New Yorker Chinese mitten in der Nacht durch den Blasendrang seines Bruders geweckt wurde und fluchend aufs Klo rannte, weil jener erst jetzt mit der Abendtoilette begann.

ENTE
KOSS
SEATTLE
NEW YORK
PEKING
ENTE

Irgendwann reichte es dem New Yorker Chinesen, und er rief seinen Bruder in Seattle an, um ihm zu sagen, dass es so nicht weitergehe. Doch der Anschluss war immer besetzt, weil sein Bruder genau den gleichen Gedanken hatte. Zwei Tage später erhielten beide einen Brief mit dem exakt gleichen Wortlaut.

Lieber Bruder,

es kann so nicht weitergehen. Wir müssen uns treffen. Wir könnten zum Beispiel mal zusammen Urlaub machen und alles besprechen. Die Insel Numfor soll schön sein. Da sind auch nicht so viele Leute. Eigentlich gar keine. Nur ein paar Baumkängurus.

Dein Bruder

Das war wirklich eine gute Idee, hätten sie auch früher draufkommen können, dachten die beiden Chinesen und packten ihre Koffer, wobei der Chinese in Seattle ein bisschen ungeduldig wurde, als sein Bruder in New York seinen Koffer nicht zubekam, weil er zu voll war.

All dies Ungemach war jedoch vergessen, als sich die beiden Brüder auf der Insel Numfor wiedersahen. Sie fielen sich in die Arme und weinten vor Glück, dann suchten sie sich eine hübsche Stelle am Strand und schlugen dort ihr Zelt auf.

»Das hätten wir schon lange tun sollen«, sagte der New Yorker Chinese und füllte die Schale seines Bruders mit köstlichem Baumkänguruagout, das dieser über einem kleinen Feuerchen zubereitet hatte.

»Du nimmst mir das Wort aus dem Mund«, schmatzte sein Bruder zufrieden.

Nachdem sie gegessen hatten, schlüpften sie in ihre Schlafsäcke und schliefen so gut wie lange nicht mehr, weil keiner von des anderen Traum oder Blasendrang aufgeweckt wurde.

»Das ist komisch«, sagte der New Yorker Chinese.

»Sehr komisch«, sagte der Chinese aus Seattle. »Aber auch schön.«

»Sehr schön«, sagten beide gleichzeitig und freuten sich, dass ihre telepathische Gabe hier offenbar keine Wirkung mehr hatte. Die Tage auf der Insel Numfor vergingen wie im Flug und sollten die glücklichste Zeit ihres Lebens werden.

Als ihr Urlaub zu Ende war und sie sich trennten, weinten die Brüder wieder ein bisschen und gaben sich das Versprechen, in Zukunft etwas nachsichtiger miteinander zu sein. Das funktionierte zunächst auch ganz gut. Zwar spürte der eine noch immer die Gemütsverfassung des anderen, doch sie übten sich in Geduld. Mitunter gelang es dem New Yorker Chinesen sogar, seinen Bruder in Seattle telepathisch aufzuheitern, wenn dieser von Schwermut ergriffen wurde. Er schaute dann einen Film, von dem er wusste, dass er den anderen zum Lachen bringen würde. Und als er sich einmal mit heißem Wasser verbrühte, legte sein Bruder sich kühlende Tücher auf die Hand, was den Schmerz augenblicklich linderte.

So ging es gut, und für lange Zeit waren die beiden Brüder harmonisch miteinander verbunden. Auch nahmen sie klaglos hin, dass sie zu schielen begannen, weil sie mit einem Auge intuitiv immer in Richtung des anderen schauten. Völlig sinnlos, weil sie sich ja nicht sehen konnten, aber gegen Intuition ist eben kein Kraut gewachsen.

Doch dann passierte etwas Schreckliches. Es war der Tag des Endspiels der New York Giants gegen die Seattle Seahawks. Die beiden Brüder waren leidenschaftliche Fans ihrer Clubs und hatten es sich in Erwartung eines spannenden Spiels in ihren Fernsehsesseln bequem gemacht. Das hätten sie lieber nicht tun sollen, denn immer wenn das gegnerische Team einen Punkt machte, gerieten die Brüder wegen der in ihnen widerstreitenden Gefühle so außer sich, dass sie sich vor Verzweiflung gleichzeitig aus dem Fenster stürzten.

So kann's gehen.

GODOT HATTE …

… keine Ahnung von dieser Geschichte, sonst wäre er vielleicht zu dem schielenden Chinesen hinübergegangen, der da beim Jüngsten Gericht stand und mit einem Auge melancholisch in die Ferne schaute. Vielleicht hätte er ihm freundschaftlich auf die Schulter geklopft und gesagt, dass es seinem Bruder bestimmt gut gehe. Der Chinese hätte dankbar genickt und Godot auf ein Bier eingeladen.

Vielleicht wäre das der Anfang einer wunderbaren Freundschaft gewesen, in deren Verlauf die beiden viele aufregende Abenteuer erlebt hätten. So hätten sie womöglich eine Exkursion zum Eskimonebel im Sternbild der Zwillinge gemacht, wo sie einem Roten Riesen begegnet wären, der behauptet hätte, die Weltformel gefunden zu haben. Sie hätten ihm natürlich nicht geglaubt und von ihm Beweise gefordert, worauf er sie aufgefordert hätte, auf den Rücken seiner Schildkröte zu klettern, sie würden schon sehen. Dann wären sie auf die andere Seite des Eskimonebels geritten, hätten aber nichts gefunden außer einem Glas Gewürzgurken, dessen Verfallsdatum schon seit Lichtjahren abgelaufen war. Godot und der Chinese hätten darauf den Roten Riesen zur Rede gestellt, worauf der behauptet hätte, genau das sei ja die Weltformel.

»Ein Glas Gewürzgurken soll die Weltformel sein?«

»Allerdings.«

»Das kann nicht sein.«

»Ist aber so.«

»Wer sagt das?«

»Ich sage das.«

»Aber da könnte ja jeder kommen und behaupten, dies oder jenes sei die Weltformel.«

»Das geht nicht.«

»Warum denn nicht?«

»Weil es nur eine Weltformel gibt.«

»Ein Glas Gewürzgurken?«

»Genau.«

»Wir brauchen Beweise.«

»Es ist abgelaufen.«

»Das soll ein Beweis sein?«

»Allerdings.«

»Inwiefern?«

»Ganz einfach.«

»Ja?«

»Ja.«

An dieser Stelle wollen wir die Unterhaltung verlassen, denn sie ist ja ohnehin nur hypothetisch. In Wirklichkeit nämlich standen der schielende Chinese und Godot hier herum und taten nichts, was der Beginn einer wunderbaren Freundschaft hätte werden können. Aber so ist das Leben. Eine Aneinanderreihung verpasster Gelegenheiten. Und am Ende steht man vor dem Jüngsten Gericht, und das ist auch nicht gerade das, was man erwartet hat. Ein kiffender Haufen Weltgeschichte und ein degenerierter Tod, der gerade versuchte, sich mit der Sense einen Seitenscheitel zu ziehen. Ein Elend.

»Sie müssen eine Nummer ziehen«, sagte schließlich der Chinese in akzentfreiem Mandarin. Godot schaute ihn an, hob die Schultern und seufzte.

»Er hat gesagt, Sie müssen eine Nummer ziehen«, übersetzte Katharina die Große und betrachtete Godot gelangweilt. »Aber das können Sie sich sparen, Sie kommen sowieso nicht dran.«

Friedrich Nietzsche kicherte vergnügt und stieß Bertolt Brecht in die Seite, der Godot nun ebenfalls musterte.

»Ach Gottchen, schon wieder einer, der glaubt, die letzte Wahrheit finden zu müssen. Aber wie schrieb ich schon in einem meiner großen Werke: Hoffnung ist der Regenbogen über dem herabstürzenden Bach des Lebens.«

»Ey, das ist nicht von dir!«, erboste sich Nietzsche. »Das ist von mir, du Penner!«

»Männer«, seufzte Katharina die Große. »Einer wie der andere, und jeder ein Manuskript, das erst korrigiert werden muss.«

THEORIE VON ALLEM
Feng Shui

»Das hab ich gehört!«, brüllte Nietzsche, und an Brecht gewandt: »Weiber! Schlamm ist auf dem Grunde ihrer Seele. Und wehe, wenn der Schlamm gar noch Geist hat.«

»Nun ja«, sagte Brecht und wiegte nachdenklich den Kopf. »Das Schicksal des Menschen ist der Mensch.«

Ich muss hier dringend weg, dachte Godot und öffnete die Luke, um wieder herunterzuklettern, doch das Krokodil war weg. Spurlos verschwunden. Immerhin hatte es den Hund dagelassen, der jetzt traurig vom Griff der Luke herunterbaumelte. Mit etwas Geschick könnte es Godot gelingen, sich an ihm abzuseilen.

Und fragen Sie nicht wie, aber es gelang ihm tatsächlich, allerdings war der Hund danach zu nichts mehr zu gebrauchen. – Die Hundeliebhaber unter Ihnen werden jetzt vielleicht erschüttert sein oder gar empört: So etwas könne man doch nicht machen, das arme Tier. Stimmt, aber es hilft ja nichts, so geht es nun mal zu in der Welt. Und vielleicht wird der Hund ja später als Blobfisch wiedergeboren. Da hätte er großes Glück, denn an Blobfischen kann man sich bekanntlich nicht so gut abseilen.

Apropos Blobfisch …

DIE FISCHFÄNGERIN

Es war einmal eine Frau mittleren Alters. Sie war eine Fischfängerin, weshalb sie eines Tages beschloss, einen Fisch zu fangen. Ihr schwebte ein besonderer Fisch vor. Ein Fisch, wie er noch nie beschrieben worden war. Also packte sie ein paar Sachen zusammen und machte sich auf den Weg an einen Fluss, einen See oder auch ein Meer, wer weiß das schon so genau.

Irgendwann bemerkte sie, dass sie etwas sehr Wichtiges vergessen hatte. Also kehrte sie eilenden Schrittes noch einmal nach Hause zurück und packte ihre Tischdecke ein. Dann machte sie sich erneut auf den Weg, auf dem sie kurz darauf einen Duden fand, den sie ebenfalls mitnahm.

Nach einer langen Reise, auf der ihr ein paar seltsame Tiere begegneten, die sie sofort tötete und aufaß, gelang-

FREYA

te sie an einen trüben See. Sie setzte sich ans Ufer und begann, einen Fisch zu fangen.

Sie saß sehr, sehr lange und dachte dabei an viele Dinge, die sie tun würde, wenn sie ihn gefangen hätte. Besonders gern dachte sie ans Popeln.

Die Frau hing diesem Gedanken gerade besonders sehnsuchtsvoll nach, als etwas Verrücktes geschah. Ein über die Maßen hässlicher Blobfisch tauchte auf und betrachtete sie aufmerksam. Dann sprach er: »Liebe Frau. Du bist so herrlich. Du solltest dein blühendes Leben nicht damit vertun, ein so über die Maßen hässliches Tier wie mich zu fangen. Zu dir würde eher Lammrücken passen. Einer mit Schleife vielleicht. Hast du mit deinem absurden Gehirn schon mal darüber nachgedacht?«

Die Frau musterte den Fisch eine Weile und nickte schließlich.

»Du hast recht, lieber Fisch. Lammrücken ist gut. Ich danke dir. Du hast meinem Leben wieder einen Sinn gegeben.«

Dann holte sie den Duden aus der Tasche, erschlug den Fisch damit und machte sich auf den Weg zu dem Lamm, das sie bald rücken würde. Doch das können wir nicht mehr sehen, weil sie hinter dem Horizont einfach verschwand.

UND GODOT?

Im Gegensatz zu jenem Hund, an dem er sich abgeseilt hatte, war er wieder gesund und munter im Waschsalon angekommen. Zu seiner großen Erleichterung war die Große Popeline verschwunden, und so nahm er sich ein Herz, griff sich einen der Liegestühle und setzte sich neben die Spielkasino-Frau, die entspannt ihrer Tasche in der Waschmaschine zuschaute. Godot überlegte, wie er sie wohl am besten ansprechen sollte, aber ihm fiel nichts ein, also schwieg er.

»Seegurken«, sagte die Frau unvermittelt und ohne ihren Blick von der Waschmaschine abzuwenden. »Seegurken sind interessante Tiere. Sie werfen ihre Eingeweide aus, um Feinde abzulenken.«

Oh, dachte Godot. Er hätte nicht damit gerechnet, dass die Frau ein Gespräch mit ihm beginnen würde.

Doch was, wenn sie gar nicht ihn meinte und nur so vor sich hin sprach? Möglicherweise hatte sie noch nicht mal bemerkt, dass er sich neben sie gesetzt hatte. In dem Fall sollte er ihren Gedankenfluss nicht stören und lieber den Mund halten.

So dachte Godot, hielt lieber den Mund und versuchte sich eine mit Gedärmen um sich werfende Seegurke vorzustellen, was ihm ein flaues Gefühl in der Magengegend bescherte, doch er ließ sich nichts anmerken.

»Oder der Egel«, fuhr die Frau versonnen fort. »Der Egel soll sage und schreibe zweiunddreißig Gehirne besitzen.«

Erstaunlich, dachte Godot. Zweiunddreißig Gehirne in einem einzigen Egel. Allerdings schien ihm das eine gewagte These zu sein, denn was um alles in der Welt sollte das Tier damit anfangen? Egel waren nach seinem Dafürhalten recht einfach gestrickt und konnten mit Sicherheit nicht mal ihren eigenen Namen schreiben. Doch er beschloss, seine Einwände für sich zu behalten, und schwieg. Zudem schien seine Nachbarin auch gar keine Antwort zu erwarten. Den Blick stur geradeaus gerichtet, schlürfte sie ihren Kaffee und hing ihren Gedanken nach.

»Der Ameisenigel«, sagte sie schließlich mit ernster Miene. »Der Ameisenigel verfügt über einen vierköpfigen Penis.«

Godot wurde etwas unbehaglich zumute, und er räusperte sich leise. Nichts. Keine Reaktion im Gesicht der Frau. Oder war da nicht vielleicht doch …? Nein, da war nichts. Entweder sie bemerkte ihn wirklich nicht, oder sie wollte ihm auf subtile Weise zu verstehen geben, dass er keinem der von ihr erwähnten Tiere das Wasser reichen könne und sich gefälligst vom Acker machen solle.

Oh, dachte Godot.

Sie werden vielleicht einwenden, dass kein Mensch *Oh* denkt, weil das ja kein richtiger Gedanke sei, sondern lediglich der verbale Ausdruck eines Gemütszustandes. Aber da kennen Sie Godot nicht, der konnte nämlich sehr wohl *Oh* denken. Er war darin sogar ausgesprochen gut. Oh, dachte also Godot. Und weil es so schön war, dachte er gleich noch einmal *Oh*, diesmal sogar ein bisschen länger, wofür er allerdings die Augen schließen musste. Und beim dritten Mal dachte er so lange *Oh*, wie manche Leute die Luft anhalten können. Also ungefähr so:

*Oooooooooooooooooooooooooooooooooooooooooooooooooooooooo-
ooooooooooooooooooooooooooooooooooooooooooooooooooooooooo-
ooooooooooooooooooooooooooooooooooooooooooooooooooooooooo-
ooooooooooooooooooooooooooooooooooooooooooooooooooooooooo-
oooooooooooooooooooooooh!*

Nicht schlecht, oder? Das muss man erstmal hinkriegen. Und man könnte das natürlich beliebig fortsetzen, weil so manch einer unter Ihnen viel länger die Luft anhalten kann. Es gab sogar mal eine Frau, die konnte zehn Minuten lang die Luft anhalten. Hat allerdings auch ein böses Ende genommen mit ihr, aber lassen wir das.

Auf jeden Fall dachte Godot überaus lange *Oh*. Weil er dabei jedoch wie gesagt die Augen geschlossen hatte,

KELLER

bemerkte er nicht, wie die Kasino-Frau plötzlich aufstand, die Waschmaschine öffnete, die Handtasche herausnahm und sie zum Ausgang des Waschsalons schleifte. Allerdings nicht ohne Godot im Vorbeigehen einen trauerumwölkten Blick zuzuwerfen.

Tja, das war's dann wohl mit unserer Liebesgeschichte. Zu Ende, bevor sie begonnen hat. Nur wird Godot davon nichts erfahren, und das ist vielleicht auch besser so, denn manchmal ist es doch ein Glück, wenn man nicht ahnt, dass man gerade sein Glück verpasst hat. Deshalb werden wir unserem Helden diese Erfahrung ersparen, denn er würde noch viel Kraft brauchen für das, was ihm bevorstand. Und das war in diesem Augenblick die Große Popeline.

»Na, wen haben wir denn da!«, tönte ihr satter Bariton. »Ein Neuankömmling!«

Nein, nein, beeilte sich Godot zu sagen. Er sei schon mal hier gewesen. Vorhin. Eigentlich die ganze Zeit, wenn man's genau nehme.

»Blödsinn!«, brüllte die Popeline. »Ich kenn dich nicht, du Flitzpiepe. Du willst vermutlich nur mein Geld.«

Nein, wo sie denn hindenke, an Geld sei ihm nichts gelegen, er sei doch nur wegen der Frau hierhergekommen, aber die sei offenbar gegangen, und jetzt wisse er auch nicht so genau. Außerdem habe er Hunger, ob die Popeline vielleicht eine Stulle für ihn habe, am liebsten mit Leberwurst, aber Käse wäre auch gut, Appenzeller vielleicht, der sei so schön würzig, aber Emmentaler täte es auch, oder Tilsiter, wenn nichts anderes im Hause sei. Und vielleicht gäbe es ja auch einen guten Tropfen im Keller.

Als sie das Wort *Keller* hörte, veränderte sich plötzlich der Gesichtsausdruck der Großen Popeline, ihr rechtes Augenlid begann merkwürdig zu zucken, und sie schaute nervös um sich, als habe sie Angst, jemand könnte etwas gehört haben. Dann trat sie so nah an Godot heran, dass dieser die Luft anhalten musste, um nicht wieder ihre halluzinogenen Ausdünstungen einatmen zu müssen.

»Woher weißt du das mit dem Keller?«, flüsterte sie. »Das weiß sonst niemand.«

Nun ja, also der Keller, das sei nur so ein Gedanke, weil doch ... »Pssssst!«, zischte die Große Popeline und legte ihren fetten Zeigefinger auf Godots Mund, während sie mit der anderen Hand einen kleinen Plüschhasen aus der Unergründlichkeit ihres Körpers zog. Den stopfte sie Godot so tief in den Mund, dass nur noch die Ohren herausguckten. Das konnten sie natürlich nur, weil jemand Augen daran angebracht hatte. Vielleicht aus einer Laune heraus, vielleicht aber auch mit einer gewissen Ahnung. Möglicherweise hatten die Augen irgendwo herumgelegen und dieser Jemand dachte: Sieh an, ein paar überzählige Augen, die bringe ich mal lieber an den Ohren dieses Plüschhasen an, denn wer weiß, vielleicht fallen sie runter, jemand rutscht darauf aus und bricht sich am Ende den Hals. Und überhaupt, so ein paar zusätzliche Augen haben noch keinem geschadet. – So in etwa hat dieser Unbekannte vielleicht gedacht, und das war wirklich sehr weise, denn so konnte der Plüschhase jetzt die voluminösen Füße der Großen Popeline sehen, deren Anblick ihn später zur Niederschrift verschiedenster Sonette und mehrhebiger Jamben inspirieren sollte.

Allerdings sah er die Füße nicht sehr lange, weil Godot sich schnell wieder seiner entledigte. So einen Plüschhasen im Mund zu haben ist nämlich nicht sehr angenehm, für keinen der Beteiligten. Godot zog ihn also wieder heraus und gab ihn der Popeline zurück.

Diese schaute zunächst verdutzt, dann folgte ein Aufschrei des Erkennens.

»Hase!«, rief sie und drückte das Stofftier gerührt an ihren gigantischen Busen. »Mein süßes Häschen, wo warst du nur!« Und an Godot gewandt: »Du hast ihn gerettet und mir wiedergebracht, jetzt darfst du dir etwas wünschen.«

Godot kam nochmal auf die Stulle zurück, eine Doppelstulle wäre auch ganz schön. Den Keller erwähnte er lieber nicht mehr.

»Mooooment«, rief die Popeline fröhlich und verschwand, um kurz darauf mit einer schönen großen Doppelstulle wieder zu erscheinen. »Hier«, sagte sie und reichte sie Godot. Dann löste sie eine der dicken Geldscheinrollen aus ihrem Haar, trat ganz nah an ihn heran und raunte: »Das hier ist wegen der Sache mit dem Keller. Sag dem Hüpfbären, er muss sich keine Sorgen machen, ich hab das im Griff.« Sie versenkte die Geldscheinrolle in seiner Jackentasche, rollte den Plüschhasen in die frei gewordene Haarsträhne und verschwand im Hinterzimmer des Waschsalons.

Der Hüpfbär also, dachte Godot. Er hatte keine Ahnung, wer das sein sollte, und hatte auch noch nie etwas von einem Hüpfbären gehört. Doch wer weiß, vielleicht würde er ihm ja noch begegnen, aber dafür müsste er diesen Waschsalon vermutlich verlassen. Weil er allerdings schon mal hier war und seine Anziehsachen schon lange keine Waschmaschine mehr gesehen hatten, beschloss er, noch einen Augenblick zu bleiben, um ihnen diesen Gefallen zu tun. Langsam und nicht ohne Würde schritt er von einer Waschmaschine zur nächsten, und als seine Klamotten sich sattgesehen und er seine Stulle aufgegessen hatte, verließ er den Laden und setzte seinen Weg fort. Trotz der Merkwürdigkeiten, die ihm in den letzten Stunden widerfahren waren, ging es ihm gut, und er wurde von einer tiefen Zufriedenheit durchströmt. Ganz im Gegensatz zu seinen Socken, die sich auf schmähliche Weise übergangen fühlten, weil Godot bei der Besichtigung der Waschmaschinen vergessen hatte, seine Schuhe auszuziehen. Seine Unterwäsche hingegen hatte nichts von alldem mitbekommen und dämmerte im Halbdunkel der Obertrikotagen vor sich hin. Da konnte er wirklich von Glück sagen, denn man weiß ja, wie unberechenbar unzufriedene Unterwäsche mitunter sein kann. Unterirdisch unzufrieden.

Aber lassen wir das und widmen uns lieber einer vergleichsweise erfreulichen Geschichte. Obwohl …

UNTERIRD UND DUNKELMUNK

Es war einmal ein Unterird, das lebte ganz allein in einem verlassenen Stollen. Das machte ihm nichts aus, denn es kannte nichts anderes. Es wusste noch nicht einmal, was die Worte *allein* und *verlassen* bedeuteten. Auch Tag und Nacht waren ihm fremd, weil es im Stollen immer dunkel war. Es tollte einfach herum, bis es müde wurde, dann ging es ins Bett. Hunger und Durst kannte das Unterird ebenfalls nicht, es brauchte zum Leben nichts weiter als die gute alte Dunkelheit, und von der gab es im Stollen mehr als genug. So lebte das Unterird in den Tag hinein und war immer guter Dinge, weil es keine schlechten Dinge in seinem Leben gab.

Bis eines Tages das Dunkelmunk auftauchte. Man weiß nicht, woher es kam und was genau es hierher verschlagen hatte, es war einfach da.

HAHiHOHUPS
HELP
TACH

»Tach«, sagte das Dunkelmunk.

Das Unterird, das bei allem Herumtollen gar nicht bemerkt hatte, dass jemand gekommen war, erschrak. Weil es sich jedoch noch nie zuvor erschrocken hatte und ihm das Gefühl ganz fremd war, erschrak es noch einmal, was dazu führte, dass es sich auch ein drittes und viertes Mal erschreckte. Man kann sich vorstellen, dass das auf die Dauer ganz schön anstrengend ist. – So dachte auch das Dunkelmunk, ging zum Unterird hinüber und klopfte ihm freundschaftlich auf die Schulter. Dabei erschreckte sich das Unterird jedoch so sehr, dass es in Ohnmacht fiel.

»Huch«, sagte das Dunkelmunk, nahm den Puls des Unterirds und tauschte es gegen seinen eigenen, worauf es ebenfalls in Ohnmacht fiel. Dafür wachte das Unterird wieder auf, sah das ohnmächtige Dunkelmunk liegen und erschrak. Aber nicht so sehr wie die Male davor. Eigentlich fast gar nicht.

DOCH ZURÜCK ZU GODOT …

… der den Waschsalon inzwischen verlassen hatte und durch die Gegend schlenderte, bis er zu einer Kreuzung kam, auf der ein Wegweiser stand. Godot wünschte ihm einen guten Tag, wie es denn so gehe.

»Muss ja«, antwortete der Wegweise und seufzte ein bisschen. Darauf entspann sich eine kleine Unterhaltung, bei der sich herausstellte, dass der Wegweise seinem Namen alle Ehre machte. Besonders viel wusste er über das Schopfhuhn und dessen Leidenschaft für Tischtennis, die es allerdings nicht ausleben konnte, weil ihm beim Spiel immer die Haare ins Gesicht fielen.

Godot hörte dem Wegweisen aufmerksam zu, und als dieser mit seinen Betrachtungen geendet hatte, fragte er ihn nach dem Hüpfbären, den die Große Popeline erwähnt hatte.

Der Hüpfbär? Da schneide Godot aber ein ganz heikles Thema an, dazu wolle sich der Wegweise lieber nicht äußern.

Aha, soso, interessant. Ob mit dem Hüpfbären etwa nicht gut Kirschen essen sei.

Nicht gut Kirschen essen sei gar kein Ausdruck, der Hüpfbär sei fast so schlimm wie der Flaschenbär.

Der Flaschenbär? Allerdings. Übler Bursche, obwohl der Schlafbär noch eine Nummer schärfer sei, ganz zu schweigen vom Schnippbären, der stelle wirklich alles in den Schatten.

Das höre sich gar nicht gut an, fand Godot. Ob ihm der Wegweise vielleicht dennoch sagen könne, wo der Hüpfbär zu finden sei, er habe ihm eine wichtige Nachricht zu überbringen.

Aha, na gut, aber Godot solle später nicht sagen, er habe ihn nicht gewarnt. Also da vorn rechts, dann die kotzenden Pferden vor der Apotheke links liegen lassen, ein paarmal um die Ecke, und dann würde er schon sehen.

Godot bedankte sich beim Wegweisen und lüpfte zum Abschied seinen Hut. Er ging nach rechts, vorbei an ein paar Pferden, die sich kollektiv vor einer Apotheke übergaben, und siehe da: Hinter einer der nächsten Ecken fand er tatsächlich den Hüpfbären, der an der Hauswand lehnte und Maulaffen feilhielt. Es war allerdings die Sorte Maulaffen, die man nicht mal geschenkt haben will, billigste Machart, gehen bei der ersten Gelegenheit kaputt. Das wussten wohl auch die Leute, die am Hüpfbären vorbeigingen, ohne ihn eines Blickes zu würdigen. Manche spuckten sogar vor ihm aus, was Godot nun wieder etwas übertrieben fand, denn so ein Hüpfbär versuchte schließlich auch nur über die Runden zu kommen, das musste man doch respektieren. Ein wenig tat er Godot leid, also ging er zu ihm hinüber und stellte sich höflich vor.

»Guten Tag. Schöne Maulaffen haben Sie da.«

»Finden Sie? Ich finde sie nicht so gut.«

»Ach. Warum denn nicht?«

»Billigste Sorte, gehen bei der ersten Gelegenheit kaputt. Ich würde die nicht mal geschenkt nehmen.«

»Ich verstehe. Und warum verkaufen Sie sie dann?«

»Wer sagt, dass ich sie verkaufe?«

»Tun Sie nicht?«

»Nö, seh ich so aus?«

»Irgendwie schon.«

»Wenn Sie das sagen.«

»Was machen Sie denn mit den Maulaffen, wenn Sie sich nicht verkaufen?«

»Ich warte auf meinen Bruder, der nimmt sie mir ab.«

»Ihr Bruder?«

»Allerdings.«

»Und was macht Ihr Bruder dann mit den Maulaffen?«

»Sie sind aber ganz schön neugierig.«

»Finden Sie?«

»Allerdings.«

»Das tut mir leid.«

»Schon gut. Wie war nochmal Ihre Frage?«

»Was Ihr Bruder mit den Maulaffen macht.«

»Ach so. Der stellt sie in den Schatten.«

»Er stellt sie in den Schatten?«

»Allerdings.«
»Warum denn?«
»Weil er alles in den Schatten stellt.«

Kaum hatte der Hüpfbär das gesagt, kam ein zweiter Bär um die Ecke, der dem ersten verblüffend ähnlich sah. Er hatte einen lässigen Gang und schnippte mit der Hand einen raffinierten Rhythmus, woraus Godot schloss, dass es sich um den Schnippbären handeln musste.

»Keule!«, rief der Hüpfbär, als er ihn sah. »Da bist du ja endlich.«

Der Schnippbär schnippte und sprach im Takt:

Bruder, was geht, hab dich lang nich gesehn,
hatte geschäftlich zu tun, wirst du sicher verstehn.
Die Stadt ist ein Moloch, kann man drin untergehn,
doch ich bin der Schnippbär, ich werd's überstehn.

Godot war irritiert, er hatte noch nie einen rappenden Bären gesehen, was dem Schnippbären nicht verborgen blieb.

Fremder, was geht, bist du irritiert,
oder findest du mich etwa untalentiert,
dann ist der Ärger vorprogrammiert,
denn ich bin der Schnippbär, kapiert!

Oh nein, beeilte sich Godot zu sagen. Er sei tief beeindruckt vom Talent des Schnippbären und der lyrischen Kraft seiner Reime.

Fremder, du sagst, du magst meinen Rhyme?
Pass bloß auf, denn ich mag keinen Schleim.
Und ich warne dich mal so ganz allgemein:
Ich bin der Schnippbär und geh dir nicht auf den Leim.

Dann wandte sich der Schnippbär wieder seinem Bruder zu.

Ey Bruder, hast du gesehen die Pferde
vor der Apotheke, eine riesige Herde.
Führen gegen alles und jeden Beschwerde,
indem sie kotzen auf die Erde.
Doch dann ist der gute Schnippbär gekommen,
hat jedes einzelne Pferd genommen
und es in den Schatten gestellt
und damit gerettet die ganze Welt,
denn schattige Pferde haben selten Brechreiz.
Und ich bin der Schnippbär …

… was soll der Geiz.

Rappte der Schnippbär.
Dann schwieg er.
Und Godot schwieg auch.
Sehr ergriffen.
Auch der Hüpfbär schwieg.
Eigentlich schwiegen gerade so ziemlich alle.
Sogar die kartenspielenden Strickjacken vorm Waschsalon sollen geschwiegen haben, aber vielleicht ist das auch nur ein Gerücht.

MC
LANGER
DA
TWELVE
DU OPFER
ALLE
HOP

All dieses schöne Schweigen jedenfalls wurde erst beendet, als der Hüpfbär seinem Bruder die Maulaffen übergab, damit er sie in den Schatten stelle, was der Schnippbär augenblicklich tat. Dann klopfte er dem Hüpfbären auf die Schulter und verschwand.

»Das war mein Bruder«, erklärte der Hüpfbär. »Er ist ganz ok, aber manchmal geht er mir auch auf den Sack.«

Godot nickte.

»Ach, Sie kennen sich wohl aus in der Materie. Haben Sie etwa auch einen Bruder?«

»Ich glaube nicht.«

»Sie wissen es nicht genau?«

»Man sollte sich nie ganz sicher sein.«

»Wie meinen Sie das?«

»Einfach so.«

»Hm«, machte der Hüpfbär und kratzte sich am Kopf. »Dann könnte es also auch sein, dass der Schnippbär gar nicht mein Bruder ist?«

»Schon möglich.«

»Schon möglich?«

»Absolut.«

»Und was ist mit den Maulaffen da drüben?«

»Was soll damit sein?«

»Die hat er doch in den Schatten gestellt.«

In diesem Augenblick löste sich ein Maulaffe aus der Gruppe und stellte sich in die Sonne.

»Ey, du da!«, rief der Hüpfbär. »Zurück in die Gruppe!«

Doch der Maulaffe hörte nicht auf ihn und verschränkte trotzig die Arme vor der Brust.

»Pass mal auf, du Penner«, brüllte der Hüpfbär. »Wenn du nicht sofort zurückgehst, bring ich dich in den Keller!«

Beim Wort *Keller* verfinsterte sich seine Miene, und Sie ahnen sicher schon, was mit seinem rechten Augenlid passierte. Den Maulaffen interessierte das allerdings nicht die Bohne. Er zeigte dem Hüpfbären einen Vogel, kletterte auf den nächsten Laternenpfahl und ließ sich kopfüber herunterbaumeln.

»Er hört nicht auf mich«, sagte der Hüpfbär geknickt. »Und er kann von der Laterne herunterbaumeln, das würde ich auch gern können.«

Dann fing er ein bisschen an zu weinen.

Godot tat der Hüpfbär leid. Es sei doch gar nicht gesagt, dass er das nicht könne, ob er es denn schon mal probiert habe.

Der Hüpfbär schüttelte traurig den Kopf, worauf Godot anmerkte, dass er doch der Hüpfbär und es für ihn also ein Leichtes sei, mal flugs auf die Laterne zu hüpfen und es dem Maulaffen gleichzutun.

»Hüpfen?«

»Hüpfen.«

»Auf die Laterne da?«

»Genau.«

»Das geht nicht.«

»Warum denn nicht?«

»Ich kann nicht hüpfen.«

»Aber Sie sind der Hüpfbär.«

»Das hat nichts zu sagen.«

»Warum denn nicht?«

»Darum nicht.«

»Und wie wär's mit Räuberleiter?«

»Räuberleiter geht.«

Also machte Godot Räuberleiter, und der Hüpfbär kletterte hinauf auf die Laterne, hängte sich neben den Maulaffen und schaukelte vergnügt hin und her. Das wiederum fand der Maulaffe blöd, kletterte hinunter und stellte sich beleidigt zu den anderen in den Schatten.

Da war die Welt wieder in Ordnung. Aber nur so lange, bis der Hüpfbär keine Lust mehr hatte, von der Laterne herunterzubaumeln.

Doch bis dahin können wir uns eigentlich die Zeit mit der Geschichte von zwei anderen Brüdern vertreiben, die vielleicht eine schöne Parabel worauf auch immer ist.

GESCHICHTE VON ZWEI ANDEREN BRÜDERN

Es war einmal ein König, der hatte zwei Söhne. Der ältere war ein Langweiler, der jüngere auch.

Als der König im Sterben lag, rief er die beiden zu sich und sprach: »Ich werde bald einen Abgang machen. Die Frage ist nun, wer von euch beiden Pfeifen mein Königreich erben soll. Ich will euch einer Prüfung unterziehen. Derjenige, der das untalentierteste Mädchen mit nach Hause bringt, soll mein rechtmäßiger Nachfolger sein.«

So zogen die beiden Brüder aus, um eine Frau zu finden, die ihrem Vater gefiel. Der ältere Bruder hatte bald eine gefunden. Sie war von Beruf Melkerin, hatte ein verwahrlostes Gesicht und war von postmoderner Gestalt.

Auch der jüngere Bruder fand bald ein Mädchen, von dem er glaubte, sie sei ganz nach seines Vaters Ge-

MILCHSCHRIPPE
ALTE GESICHT
ASS

schmack. Sie war von karger Schönheit und verdiente ihr Brot mit muffigen Schrippen. Der Prinz war's zufrieden und kehrte mit seiner Braut nach Hause zurück.

Die beiden Brüder trafen zur selben Zeit im Schloss ein und traten stolz vor den König. Der lag auf seinem Krankenbett und musterte die beiden Mädchen. Dann richtete er das Wort an die Begleiterin seines älteren Sohnes. »Was kannst du?«, fragte er sie, und sie antwortete: »Ich kann rumlungern und den Ball flach halten.«

»Langweilig«, sprach der König und richtete dieselbe Frage an die Braut seines jüngsten Sohnes: »Und du? Was sind deine Talente?« Das Mädchen sah schüchtern zu Boden und antwortete schließlich: »Ich kann nicht viel, ich kann nur rauchen und kratzen.«

Der König dachte lange nach. Schließlich richtete er seinen schwachen Körper im Bett auf. »Damit hat sich die Sache erledigt«, sagte er. Dann legte er sich wieder hin und starb.

Die beiden Brüder sahen sich an, nahmen ihre Sachen und verließen das Schloss, um niemals mehr dorthin zurückzukehren. Die beiden Mädchen gingen auch, aber woandershin.

UND WAS HAT GODOT …

… inzwischen gemacht? Eigentlich nichts. Er hat dem Hüpfbären beim Baumeln zugeschaut, und als der die Nase voll davon hatte und von alleine nicht herunterkam, hat Godot die Maulaffen gebeten, ein Krokodil zu besorgen, an dem der Hüpfbär herunterklettern konnte. Doch die Maulaffen hatten keine Lust, also musste er sich etwas anderes einfallen lassen. Er setzte sich unter die Laterne und dachte nach, und weil er am besten mit geschlossenen Augen nachdenken konnte, blieb ihm der Fahrradfahrer verborgen, der gerade vorüberfuhr und der trotz des warmen Wetters eine Felljacke trug. Hätte Godot ihn bemerkt, hätte er sich vermutlich ein wenig gewundert. Nanu, hätte er vielleicht gedacht, und dass ihm der Fahrradfahrer bekannt vorkäme. Und dann hätte er die Augen geschlossen, um darüber nachzudenken, wo er ihn schon mal gesehen hatte. Darüber hätte er allerdings vergessen, dass er eine Lösung für den Hüpfbären finden wollte, dem inzwischen von diesem ganzen Kopfüber-an-der-Laterne-Baumeln schlecht geworden wäre. Nicht auszudenken, was dann hätte passieren können. Runtergefallen wäre er, der arme Hüpfbär. Kaputtgegangen wäre er. Zu nichts mehr zu gebrauchen wäre er gewesen. Wirklich schlimm.

Aber vielleicht wäre er auch in die Geschichte eingegangen, weil es vor ihm noch nie ein Hüpfbär gewagt hatte, sich kopfüber von einer Laterne baumeln zu lassen. Man hätte seinen Pioniergeist und seinen Mut gepriesen, Straßen nach ihm benannt und Sportvereine gegründet, in denen junge Hüpfbären die Technik des Herunterbaumelns erlernen und vervollkommnen konnten. Es gäbe einen Gedenktag im Jahr, an dem die Hüpfbären zu seinem Grab pilgerten und dort ein bisschen an den extra zu diesem Zweck aufgestellten Laternen abhingen.

Doch auch das hätte eine Schattenseite, denn den Schnippbären hätte nach dem Verlust seines Bruders so große Schwermut befallen, dass er mit dem Reimen aufgehört und für immer geschwiegen hätte. So geht es manchmal zu im Leben.

Doch zum Glück befand sich Godot im Hier und Jetzt und der Hüpfbär baumelte noch immer von der Laterne herunter. Nicht mehr so gut gelaunt zwar, doch er lebte.

Und Godot hatte plötzlich eine Idee. Er bat den Hüpfbären um einen Augenblick Geduld, rannte weg und kehrte wenig später auf dem Rücken eines der Pferde zurück, die der Schnippbär vor der Apotheke in den

Schatten gestellt hatte. Im Schlepptau hatte er außerdem die kartenspielenden Strickjacken vom Waschsalon.

An der Laterne angekommen, ließen sie sich von Godot bereitwillig an den Ärmeln zu einer Art Strick zusammenknoten, den er um den Bauch des Pferdes wand. Das andere Ende warf er über die Laterne und zog damit das Pferd nach oben, sodass der Hüpfbär hinaufklettern konnte.

Sie hätten Godot sehen sollen, wie lässig er die beiden wieder herunterließ. Und wenn Sie sich jetzt fragen, wie sich dieser Vorgang mit den Gewichtsverhältnissen und diversen anderen physikalischen Gegebenheiten vereinbaren lässt, kann ich nur sagen: Ihre Sorgen hätte ich gern zu meinen dazu.

Unten angekommen, umarmte der Hüpfbär Godot voller Dankbarkeit und schenkte ihm das Pferd und eine Fernbedienung, die er doppelt hatte.

»Die hab ich doppelt«, erklärte der Hüpfbär.

»Vielen Dank«, antwortete Godot, während er die Strickjacken wieder auseinanderknotete. »Ich habe übrigens eine Nachricht für Sie.«

»Eine Nachricht?«

»Ja, von der Großen Popeline.«

Als die schon befreiten Strickjacken diesen Namen hörten, griffen sie reflexartig in ihre Taschen und holten die Karten raus, während die anderen jammerten, dass Godot sich gefälligst beeilen solle mit dem Auseinanderknoten, sie hätten schließlich nicht den ganzen Tag Zeit.

»Haltet doch mal die Fresse«, schimpfte der Hüpfbär.

Die Strickjacken schwiegen betreten.

»Was sagt sie denn, die Popeline?«, wollte der Hüpfbär wissen.

»Sie sagte, Sie sollen sich keine Sorgen machen, sie habe das im Griff.«

»Ach. Hat sie das wirklich gesagt?«

»Das waren ihre Worte.«

»Mehr nicht?«

»Leider nein.«

»Wieso leider?«

»Es scheint Sie zu enttäuschen, dass sie nicht mehr gesagt hat.«

»Wieso, sehe ich so aus?«

»Ja.«

»Was wollen Sie damit sagen?«

»Ja.«

»Nun gut, ich weiß Ihre Ehrlichkeit zu schätzen. Wer sind Sie überhaupt?«

»Godot.«

»Godot?«

»Ja.«

»Wie der in dem Stück von diesem Iren?«

»Welcher Ire?«

»Keine Ahnung, irgendein Ire eben.«

»Ich kenne keinen Iren.«

»Gar keinen?«

»Nein.«

»Da kann man wohl nichts machen«, sagte der Hüpfbär. Dann schwiegen sie eine Weile.

»Kennen Sie denn einen Iren?«, fragte Godot schließlich den Hüpfbären.

»Ja, ich denke, ich bin schon mal einem Iren begegnet.«

»Interessant. Und wie war er so, dieser Ire?«

»Er hatte eine Luftmatratze, vermute ich.«

»Sie vermuten?«

»Sie haben doch gesagt, man soll sich nie ganz sicher sein«, sagte der Hüpfbär. »Das waren doch Ihre Worte, oder etwa nicht?«

Godot nickte beschämt, während er verlegen auf der Fernbedienung herumspielte.

»Was machen Sie da?«, fragte der Hüpfbär.

»Ich spiele auf der Fernbedienung herum.«

»Ach so. Aber passen Sie bloß auf, wenn Sie nämlich aus Versehen auf den …«

Und dann gab es ein seltsames Geräusch. Ein Geräusch wie eine unvollkommene Abenddämmerung, wie das Echo auf eine nie gestellte Frage, wie das Alibi für ein nicht begangenes Verbrechen.

Und dann war er plötzlich weg, der Hüpfbär. Einfach so.

Und nicht nur er, auch die anderen schienen sich von einem Moment zum anderen in Luft aufgelöst zu haben. Die Strickjacken, die Maulaffen, das Pferd – wie vom Erdboden verschluckt.

Fassungslos starrte Godot auf die Fernbedienung. Hatte er die Leute tatsächlich mit diesem Ding verschwinden lassen? Aber wenn es so war, müsste er sie doch auch wieder zurückbringen können.

Vorsichtig drückte er den roten Knopf der Fernbedienung. Nichts. Noch einmal. Wieder nichts. Nacheinander drückte er alle anderen Knöpfe, ohne Erfolg. Godot wurde von Panik ergriffen. Was war mit dem Hüpfbären

Jüngstes GERICHT
HALB DURCH
DAS LETZTE KAPITEL
KEIN ORT
Nirgends
Zum Teufel
NOCHMAL

und den anderen passiert? Hatte er sie womöglich für immer von der Erde verbannt? Aber warum waren sie fort und er noch hier? Ich weiß es doch auch nicht. Sie etwa? Na also. Vielleicht sollten wir den armen Kerl mal zum Wegweisen schicken, der tut doch immer so, als wisse er Bescheid.

Godot ging also zurück zu jener Kreuzung, und tatsächlich stand dort immer noch der Wegweise, nur hatte er jetzt ein Schopfhuhn unterm Arm.

»Das ist ein Schopfhuhn«, erklärte er. »Es spielt gern Tischtennis, doch das geht nicht, weil ihm immer die Haare ins Gesicht fallen, deshalb ist es ziemlich deprimiert.«

Godot dachte einen Moment nach, dann reichte er dem Wegweisen die Geldrolle, die ihm die Große Popeline gegeben hatte.

»Famos!«, rief der Wegweise, wickelte dem Schopfhuhn die Geldrolle ins Haar und warf es in die Luft, auf dass es davonflattere und ein fröhliches Schopfhuhn werde.

Das ging auch eine Weile gut. Das Schopfhuhn trainierte hart und konnte sich sogar für die Tischtennisweltmeisterschaft qualifizieren, bei der es jedoch kläglich versagte, weil es nur Augen für den Schiedsrichter hatte und deshalb so gut wie jeden Ball verfehlte. Der Schiedsrichter aber war ein Schürzenjäger, ein wahrer Don Juan, und er machte das arme Schopfhuhn so unglücklich, dass es nie wieder eine Tischtenniskelle in die Hand nehmen wollte.

Ein Jammer.

Doch zurück zu Godot. Der zeigte dem Wegweisen die Fernbedienung und erzählte, was geschehen war.

»Und wirklich alle weg?«, fragte der Wegweise.

Godot nickte betreten.

»Nicht einer mehr da?«

Godot schüttelte den Kopf.

»Und was ist mit uns, sind wir jetzt ganz allein?«

Godot zuckte mit den Achseln, gab aber zu bedenken, dass ja eben noch das Schopfhuhn da gewesen sei, woraus man schließen könnte, dass das Phänomen vielleicht nur lokal begrenzt war.

»Vielleicht«, sagte der Wegweise. »Aber vielleicht auch nicht. Was ist zum Beispiel, wenn nicht die anderen weg sind, sondern wir?«

Godot schaute sich verwirrt um. Aber es sähe doch alles danach aus, dass sie da seien, oder etwa nicht?

»Da schon, aber eben nicht hier«, erklärte der Wegweise mit wichtiger Miene. »Vielleicht sind wir in einer Art Paralleluniversum oder so.«

Paralleluniversum. Aha. Sehr interessant. Aber wie das gehen soll.

»Woher soll ich das wissen! Sie haben das doch gemacht. Mit dem Ding da.« Er zeigte auf die Fernbedienung in Godots Hand. »Was ist das überhaupt?«

»Eine Fernbedienung.«

»Eine Fernbedienung?«

»Ja.«

»Prima, dann hätte ich gern ein schönes Steak. Halb durch«, verlangte der Wegweise. »Und eine Limo«, fügte er hinzu, worauf Godot zu bedenken gab, dass es sich offenbar um keine gewöhnliche Fernbedienung handele.

»Was Sie nicht sagen.« Der Wegweise war ein bisschen beleidigt. »Und woher wollen Sie das so genau wissen?«

Er wisse es nicht genau, es sei nur so eine Vermutung, Erfahrungswerte gewissermaßen.

»Papperlapapp!«, rief der Wegweise ungehalten. »Geben Sie mal her, das Ding.«

Godot reichte ihm die Fernbedienung, der Wegweise drückte einen Knopf, und was soll ich Ihnen sagen, plötzlich stand eine prachtvolle Limousine auf der Kreuzung.

Und wenn Sie jetzt finden, das sei ein bisschen sehr an den Haaren herbeigezogen und alles andere als originell, dann haben Sie recht, aber was soll man machen, sie war nun mal da, diese Limousine. Mitten auf der Kreuzung. Schwarz glänzend, sehr elegant und mit getönten Scheiben, sodass man nicht hineinschauen konnte.

»Na sowas«, sagte der Wegweise, und auch Godot war einigermaßen überrascht, als die Fahrertür aufschwang, ein livrierter Chauffeur ausstieg, den Kofferraum öffnete und ein Servierwägelchen heraushievte, auf dem eine silberne Speiseglocke thronte.

»Meins!«, rief der Wegweise aus und klatschte begeistert in die Hände.

Behutsam schob der Chauffeur das Wägelchen zu den beiden herüber, öffnete mit vollendeter Geste die Glocke und gab den Blick auf einen Teller edlen Porzellans frei, auf dem ein ansehnliches Steak ruhte.

»Medium raw, der Herr«, erklärte der Chauffeur höflich.

»Einwandfrei!«, fand der Wegweise, steckte sich die Serviette in den Kragen und machte sich über das Fleisch her. »Und Sie, mein Herr ...«, wandte sich der Chauffeur an Godot, »... bitte ich ergebenst, mir zu folgen.«

Godot schaute verdutzt.

»Gehen Sie ruhig«, schmatzte der Wegweise munter. »Aber die Fernbedienung bleibt hier!«

Da Godot noch nie so höflich um etwas gebeten worden war und er auch gerade nichts anderes vorhatte, verabschiedete er sich vom Wegweisen und folgte dem Chauffeur zur Limousine. Der öffnete die hintere Tür und wies Godot mit leichter Verbeugung in das Innere des Wagens. Godot ließ sich auf der mit feinstem Leder bezogenen Rückbank nieder, der Chauffeur schloss die Tür, und schon glitten sie geräuschlos durch die Straßen.

Die Limousine war angenehm klimatisiert und bot auch sonst allerhand Luxus. Der Fond war mit ausgesuchten Stoffen ausgeschlagen und beherbergte neben einer kleinen Bar mit erlesenen Tropfen auch einen Fernseher.

»Fühlen Sie sich wie zu Hause«, sagte der Chauffeur mit einem Blick in den Rückspiegel. »Wir werden ein Weilchen unterwegs sein.«

Irrte sich Godot, oder hatte der Mann gerade gezwinkert?

»Darf ich fragen, wo wir hinfahren?«

»Das werden wir sehen.«

Eine seltsame Antwort, fand Godot, doch er beschloss, es zunächst dabei bewenden zu lassen und stattdessen die Annehmlichkeiten der Limousine zu genießen. Er öffnete die Bar, füllte ein Glas mit leuchtendem Whiskey und schaltete den Fernseher ein, wo gerade ein Film lief, der *Das letzte Kapitel* hieß.

DAS LETZTE KAPITEL

Godot schmiegte sich ins kühle, weiche Leder der Limousine, nippte an seinem Whiskey und folgte dem Geschehen des Films, der von einer jungen Frau handelte, die davon träumte, einen Dichter zum Mann zu haben. Einen Poeten, dem sie Muse sein würde, wenn er es brauchte. Wenn er es nicht brauchte, würde sie ihm Essen kochen und dafür sorgen, dass seine Rechnungen bezahlt wären.

Sie träumte von einem poetischen Leben in einer großen Stadtwohnung mit hohen Räumen und leichten, hellen Stoffen vor den Fenstern. Und sie träumte von einem kleinen versonnenen Häuschen auf dem Lande. Im Sommer würde der Dichter morgens im nahe gelegenen See schwimmen, ihr anschließend einen zarten Kuss auf die Stirn hauchen, um sich dann der Geschichte zuzuwenden, an der er gerade arbeitete. Einer Geschichte, die von einer Frau handelte, die ihren Mann verlässt, weil dieser kein Wort mehr spricht.

Dieser Mann war eines Tages zu der Erkenntnis gelangt, dass alles gesagt sei, und hatte beschlossen, den Rest seines Lebens schweigend zu verbringen. Das letzte Wort, das er sprach, war ein Fluch, und er richtete ihn gegen sein Spiegelbild, nachdem er sich beim Rasieren geschnitten hatte. Danach sagte er nichts mehr.

Die Frau versuchte alles, um ihren wortlosen Mann zu verstehen, doch es gelang ihr nicht. Also packte sie ihre Koffer und ging, um niemals zurückzukehren.

Sie lief zur Straßenbahn und beobachtete im Vorbeigehen einen Hund, der gegen ein an die Hauswand gelehntes Fahrrad pinkelte.

Der Hundebesitzer war ein kleiner, untersetzter Herr mit Hut, der dem Tun seines Tieres keine Beachtung schenkte. Seine ganze Aufmerksamkeit galt der Kirchturmuhr, die in diesem Augenblick die volle Stunde zu schlagen begann. Der pensionierte Erdkundelehrer schaute auf seine Armbanduhr und nickte zufrieden. Es war eine schöne Uhr, ein Erbstück seines Vaters, der sie wiederum von seinem Vater bekommen hatte. Die Uhr funktionierte tadellos und war nur ein einziges Mal stehen geblieben, doch das war schon lange her.

Der Mann war damals noch sehr jung gewesen und hatte vergessen, die Uhr abzulegen, bevor er ins Becken des städtischen Schwimmbades stieg. Schuld war die junge Frau, die an der Kasse vor ihm gestanden hatte. Hinter ihrem rechten Ohrläppchen hatte sie einen kleinen Leberfleck, der in seiner Form Numfor ähnelte – einer Insel im Pazifik, über die er gerade etwas in einer geografischen Fachzeitschrift gelesen hatte. Es war der Artikel eines japanischen Wissenschaftlers, der im Zweiten Weltkrieg als Soldat auf der Insel stationiert war.

Der Forscher beschrieb ihre Lage und Topographie und berichtete von seltenen Vogelarten, die in den Mangrovenbäumen des Regenwaldes lebten. Einmal sei ihm sogar das scheue Baumkänguru begegnet. Es habe sich nach einem Angriff der Amerikaner in eine der Höhlen im Dschungel verirrt, in denen die Japaner sich und ihr Kriegsgerät versteckten.

Der Wissenschaftler musste lächeln, als er an das Baumkänguru dachte. Das verstörte Tier hatte die ganze Nacht in einer Ecke der Höhle gekauert und ihn nicht aus den Augen gelassen. Auch damals hatte er an seiner Schreibmaschine gesessen und geschrieben. Nur war es kein Artikel für eine Zeitschrift, sondern ein Brief an seine Frau, die mit seinen beiden kleinen Töchtern in Osaka lebte. Er erzählte ihr von dem nächtlichen Besucher und fügte seinem Brief eine Zeichnung bei. Das Bild war nicht besonders gelungen, weil er das Tier im Halbdunkel nicht gut sehen konnte.

Nachdem er den Brief beendet hatte, legte sich der Soldat auf seine Pritsche und schlief sofort ein. Am nächsten Morgen war das Baumkänguru fort. Es hatte sich in der Dämmerung davongestohlen und war in der Tiefe des Dschungels verschwunden.

Fort war auch das Postboot, das den Brief des Soldaten mitnehmen sollte. Für gewöhnlich ankerte es jeden Mittwoch an der Westküste der Insel und legte um zehn

GUTEN TAG
ICH BIN...
NUMFOR
SCHOUTEN-INSELN
PAPUA

Uhr ab. Der Kapitän des Bootes war über Funk benachrichtigt worden, dass seine Frau auf dem Festland in den Wehen lag, und so hatte er eine Stunde früher als sonst die Anker gelichtet.

Als er atemlos im Krankenhaus ankam, hatte seine Frau ein kräftiges Mädchen geboren. Seltsamerweise schrie das Kind nicht, als es das Licht der Welt erblickte. Und auch als es in das Alter kam, in dem andere Kinder zu sprechen begannen, blieb es stumm.

Kurz vor seinem zweiten Geburtstag wurde festgestellt, dass das Mädchen gehörlos war. Doch es bewegte sich sicher und klug durch seine stille Welt, wuchs heran, studierte und wurde eine erfolgreiche Psychologin.

Wenn es ihre Zeit zuließ, spielte sie in einem Gehörlosentheater. Nach der Vorstellung ging sie manchmal mit den anderen Schauspielern in ein kleines Restaurant und aß Curryhuhn. Meistens schaffte sie die Portion nicht, ließ sich das Essen einpacken und wärmte es am nächsten Tag auf. Dann saß sie an ihrem Küchentisch, aß und las dabei Zeitung.

So erfuhr sie auch von einem Mann, der ein Fastfood-Restaurant überfiel, den Angestellten mit einer Spielzeugpistole bedrohte und die Einnahmen aus der Kasse verlangte.

Der Verkäufer erklärte ihm daraufhin, dass er die Kasse nicht öffnen könne, ohne eine Bestellung eingegeben zu haben, worauf der Räuber Zwiebelringe verlangte. Nachdem der Angestellte ihm zu verstehen gegeben hatte, dass Zwiebelringe zum Frühstück nicht erhältlich seien, verließ der Mann frustriert das Lokal.

Als die Polizei kam, war er schon über alle Berge.

Der Beamte befragte die Leute im Lokal, doch niemand hatte den Mann zuvor gesehen.

Nur die Frau ganz hinten am Fenster kannte ihn, hatte aber von dem Geschehen im Restaurant keine Notiz genommen, weil sie laut Musik hörte und aus dem Fenster schaute, vor dem gerade eine Limousine anhielt.

Es handelte sich um das gleiche Modell wie jenes, in dem Godot gerade saß. Und wie der Wagen im Film hatte auch seiner angehalten.

Seltsam, dachte Godot.

»Ganz und gar nicht«, sagte der Chauffeur.

Godot schaute irritiert aus dem Fenster. War das nicht dasselbe Restaurant wie im Film? Und die Frau dort im Fenster, war das nicht …

»Wo sind wir?«, fragte Godot.

»Wir sind da.«

»Und was mache ich jetzt?«

»Da gibt es mehrere Möglichkeiten«, antwortete der Chauffeur.

Da hat er wohl recht, dachte Godot, trank den letzten Schluck Whiskey, stieg aus der Limousine, betrat das Restaurant und ging zu der Frau am Fenster.

»Guten Tag«, sagte er. »Ich bin Godot.«

ENDE

Marion Brasch wurde in Ostberlin geboren. Nach dem Abitur arbeitete die gelernte Schriftsetzerin in einer Druckerei, bei verschiedenen Verlagen und beim Komponistenverband der DDR. 1987 begann sie als Musikredakteurin bei DT64, später arbeitete sie u. a. für Radio Fritz, Kulturradio und radioeins (RBB). 2012 erschien ihr Roman »Ab jetzt ist Ruhe. Roman meiner fabelhaften Familie«, der zum Bestseller wurde, 2014 folgte »Wunderlich fährt nach Norden« (beide S. Fischer).

Matthias Friedrich Muecke ist Maler, Grafiker und Szenenbildner. Er ist seit 1988 freiberuflich künstlerisch tätig. Diverse Einzelausstellungen und Buchveröffentlichungen. Seit 2000 eigene Edition mit originalgrafischen Büchern. 2009 wurde eines seiner Bücher von der Stiftung Buchkunst ausgezeichnet, 2013 erhielt er den Brandenburgischen Kunstpreis für Grafik. Matthias Friedrich Muecke lebt in Falkenberg und Leipzig.

DA